GAEA

潘神的寶藏

〔下〕

大風颳過——著 Welkin——插畫

潘神的寶藏

〔下〕

目錄

第五章

龍王

紅炎一百三十年雷月十九日，晴

我們到達了山谷深處，吾王在石縫中發現了一個奇怪的東西。它是黃金做成的，鑲嵌著漂亮的石頭，好像一把鑰匙，又能分成兩半。王挺喜歡它。他對我說：「看，里維，這東西是不是很有趣？它合在一起與分成兩半都能掛在鍊子上。送給你，你和你老婆一人戴一半，當成情侶墜子吧。」

我說：「吾王，多謝您的好意，但一來我的婆娘不喜歡這種東西；二來，這東西看起來有些年分了，對待來歷不明的東西，還是謹慎一些好。」

王哈哈大笑：「你小心過頭了，里維。它就是個普通的掛件，大概是出自人類或精靈的工匠之手，某天它的主人來野餐的時候把它丟在了這裡。既然你不喜歡，那我就留著它吧，等我有了媳婦，我送一半給她戴。」

王居然把這個玩意兒栓到那條寶貴的雷之鍊上，掛在自己高貴的脖頸上。我幾乎聽到了雷之鍊的哭泣聲。

我眞的很希望王能愼重，我覺得人類和精靈都不會到這個荒涼的地方來野餐，即使精靈的工匠也打造不出那麼精美的花紋。

但願這個小東西不會給王帶來什麼麻煩。

1 夢

龍很少作夢，除非在很特別的時候。

肯肯作了一個夢。

他夢見自己站在兩扇華美的大門前，門扇緩緩打開，裡面是一間偌大的廳堂，堆滿了綠色、紅色、深紫色的珠子和金黃的顆粒，讓他眼花繚亂。

然後，從正上首的牆壁裡走出了一個人。

那人臉藏在光中，看不分明，他張開雙臂：「勇敢的龍，你終於找到了寶藏，這裡面的一切都是給你的獎賞。」

堆積如山的寶藏散發著陣陣香味。

金黃的是麥粒，綠的、紅的、深紫的是葡萄，還有又大又圓的西瓜，黃澄澄的芒果和枇杷……

那人說：「龍，豐收的作物，是最可貴的財富，你是否感到了收穫的喜悅？」

肯肯堅定地說：「沒有，我喜歡吃肉。」

肯肯睜開眼，醒了，身邊的精靈呼吸聲細而淺淡。

肯肯站起身走到山洞外。天還沒亮，海浪輕輕拍打陸地；據說，那望不到邊際的盡頭有個島嶼，就是寶藏所在之處。

肯肯變回龍的原形，趴在椰蓉一樣柔軟的沙灘上，看著天從藍莓醬的顏色轉成草莓醬的顏色，最終太陽一點點拱出海面，像一顆躺到麵包片上的煎蛋那樣掛在天邊。

他在朝暉中眯著眼，舔舔嘴唇，感覺自己有點詩意。

格蘭蒂納的腳步聲從身後傳來。

「怎麼趴在這裡？」

肯肯用尾巴拍打了下沙灘：「格蘭蒂納，我作了個夢。」

他將夢一五一十地說出，格蘭蒂納很隨意地說：「作這種夢，是因爲你餓了。」

肯肯不那麼認爲，龍作夢都帶有一定的涵義，對那個寶藏，他始終有種不太好的感覺。

他問格蘭蒂納，萬一跟夢到的一樣，是連一根雞腿都沒有的寶藏，該怎麼辦？

格蘭蒂納淡定地說：「不會，你夢到的那些果實大都保存不了太長時間。如果不幸被你的烏鴉嘴言中，那我就拔掉你的牙。」

肯肯不敢置信地望著他。**太狠毒了，如果預言對了，正好能證明龍的預知夢能力強，爲什麼要拔我的牙齒！**

格蘭蒂納沒理會他，攤開圖紙，又開始畫路線圖。

太陽越來越亮，已不太像煎蛋黃了，肯肯將爪子墊在肚皮下，肚子咕咕叫。

格蘭蒂納瞥了他一眼，收起紙筆，在沙灘上生起火堆，從皮囊中取出乾糧。

烤肉香和油滴在火中的劈啪聲一起傳來，肯肯吸吸鼻子，一塊叉在木棍上的烤肉遞到他面前。

「趁你的牙都還完好無缺，多吃點吧。」

肯肯從肚皮下伸出前爪，抬起眼皮看看格蘭蒂納：「能不能，多塗一點醬？」

格蘭蒂納收回烤肉轉過身：「自己過來抹。」

肯肯嗯了一聲，他的龍身龐大，火堆離得並不是很遠，只消轉個方向，向前挪一點點。而後他繼續趴下，格蘭蒂納撥了撥被肯肯鼻息噴得左搖右晃的火：「你打算用這個體積吃飯？」

肯肯耷下眼皮，龐大的軀體縮小了一些。

格蘭蒂納無語地瞥了瞥他。黑色的龍又小了一點，再小，繼續小，小到一隻家貓那麼大，匍匐在火堆邊，兩隻翅膀一搭一搭地撲搧著，火焰因此旺了起來。

格蘭蒂納將醬料瓶丟到他面前，肯肯抬起爪子，笨拙地撥弄了下醬瓶，格蘭蒂納無奈地抓過醬料瓶擰開，把鮮香的醬刷到焦黃油亮的烤肉表面，將烤肉放進木盤，丟到肯肯前爪邊。

肯肯用前爪半按半抱住盤沿，含糊地說了聲謝謝，一頭扎在烤肉上。

格蘭蒂納轉過臉，撕下一片烤好的麵包細嚼慢嚥，免得被那頭龍影響了食慾。

那兩隻爪子洗都沒洗，也不知道碰到肉了沒有……

不能細想，不能細想。

格蘭蒂納平復著心神，淡淡地問：「一個沒有雞腿的夢，對你的打擊這麼大嗎？」

肯肯身體突然僵硬了一下，繼續沉默地啃著烤肉。

吃完早飯，格蘭蒂納取出圖紙，遙望似無盡頭的大海：「我們向著正東方直走，不會有錯。」

匍匐在沙灘上的肯肯唔了一聲，身體脹脹脹成漆黑巨龍，馱起格蘭蒂納，直接向正東方飛去。

陽光漸漸毒辣，染著海水氣息的風滋潤著熱浪，馱著精靈的黑龍在天空中慢慢悠悠地飛著，越來越慢，越來越上下晃悠。

格蘭蒂納不禁有些憂心，拍拍肯肯脊背：「你是不是病了？前面有個小島，停下來休息下吧。」

肯肯收起翅膀，帶著格蘭蒂納降落。

島上杳無人煙，長著許多高大的椰果樹，樹上的猴子與飛鳥見到龍與精靈到來，紛紛躲避。

肯肯依然不肯變成人形，又縮成小小一團，趴在比較濕潤的沙子上。

格蘭蒂納摸摸他的身體，黑龍的鱗片滾燙、鼻息炙熱。格蘭蒂納取出一片葉子，變成一把大傘撐在肯肯上方，拿出水袋先用術法冷卻一下，送到他鼻子邊。

肯肯張嘴喝水，格蘭蒂納趁機看了下他的舌頭，還好，顏色正常，舌苔不重。

格蘭蒂納再取出一片薄荷葉子，用水濕潤，變大後蓋在肯肯身上：「你先休息一下，我去摘幾個新鮮椰子，再看看有沒有淡水。」

肯肯在葉片下點點頭，閉上雙眼。

島上有一座土山，格蘭蒂納在山邊尋到了溪水，灌滿水袋，又摘了幾個椰子。回到沙灘，小龍仍然蓋著薄荷葉趴在原地。

格蘭蒂納皺了皺眉，他用治療法術檢查過肯肯，沒發現有什麼生病的徵兆，難道是龍的身體構造比較特別，法術檢查不出來？

他剖開椰子，插進一根吸管放到肯肯嘴邊：「你可能是中暑了，喝一點椰汁。」

肯肯叼住吸管，滋滋地吭吸，格蘭蒂納走到遠一點的地方生起火堆：「你還有胃口嗎？要不要吃點飯？」

肯肯咕嚕嚥下口中的椰汁，咬著吸管含糊地說：「要，肉，多加醬。」

格蘭蒂納應了一聲：「好。」

遠處的樹林中，一個黑影一閃而過。格蘭蒂納彷彿什麼都沒發現一樣取出食物，串在長叉上，架上火堆。

原來，肯肯，已經找到媳婦了……

我會祝福他。

眞的，會，祝福他……

肯肯把頭埋在烤肉上，努力地吃著，間或吸兩口椰汁。看著他的這個吃相，格蘭蒂納覺得，他應該沒什麼事。

待吞下去幾大塊烤肉、兩條烤魚之後，肯肯將盤子推到一旁，縮起脖子，懨懨地繼續咕嚕咕嚕吸食椰汁。

格蘭蒂納盯著他：「你到底哪裡不舒服？」

肯肯垂下眼皮，不作聲。

格蘭蒂納起身掀開肯肯身上的薄荷葉：「如果只是單純的沒精神，起來活動活動可能會好些。」

他的視線掃到肯肯身上，立刻頓住了。

肯肯後頸裂開了一道口子，像一張沒闔攏的小嘴，露出裡面紅紅的肉。

格蘭蒂納有些後悔，手中浮起治癒的光束，輕輕覆上裂口：「怎麼會這樣？」

肯肯動了動身體：「沒什麼，是蛻皮。」

龍的一生中會換三次皮，一般在夏天。脫皮時會極度虛弱，蛻皮期的龍都會在窩中不出來。

格蘭蒂納換了片柔軟平滑的葉子蓋在他身上：「為什麼不早說，我不該用那麼刺激的薄荷葉。」

肯肯耷拉著腦袋：「我也沒想到會在這個時候脫皮。」

格蘭蒂納撫摸著他的頭頂：「大概要多久？你現在需要休息吧。」這個島太小了，土質也不適合開山洞。

格蘭蒂納取出圖紙展開，上面立刻浮出一個個發光的島嶼標記。他的視線落在某一點上，收起圖紙，俯身問肯肯：「你能再變小一點嗎？暫時忍耐一下，我帶你去前面一個島，那裡比這裡大，應該更方便一些。」

肯肯在葉片下縮了縮：「不用了，這裡就很好。」

格蘭蒂納嘆了口氣，抱起小小的黑龍：「別任性了，在這種時候，凡事穩妥點比較好。我的飛行術撐到那裡應該沒問題，傍晚之前，我們能到達。」

肯肯不聲不響地變成拳頭大小，鑽進格蘭蒂納懷中，綠色的葉片托著精靈慢慢升起，離小島越來越遠。

從一塊岩石後悄悄探出一個黑影，望著精靈越來越模糊的背影，爪子緊緊摳在石頭上。

格蘭蒂納使用馭風的法術匆匆向前趕，肯肯在他懷內呼哧呼哧地睡。背後某道陌生氣息像一條揮之不去的尾巴，遙遙跟隨，無論格蘭蒂納飛得是快是慢，它都始終保持那個距離。

格蘭蒂納抬手在空中虛虛畫了幾道，半空幻出濃濃大霧，格蘭蒂納隱進霧中，忽然折轉，朝另一個方向飛去。

他不知道跟隨者的用意，此時此刻，不便旁生枝節，他索性再用上隱遁術，帶著肯肯改變路線，飛向另一座島嶼。

飛了一段時間，周圍的情形有些異常。

按理說，他本應早已飛出濃霧，那霧氣也該早就消散，可周圍的迷霧卻越來越濃重，絲絲縷縷糾纏著他，一直跟隨的氣息倒消失了。

迷霧已完全遮蔽視線，格蘭蒂納停在空中，召出法杖，忽有一股強大的法力襲來，格蘭蒂納揮動法杖，霧氣突然裂開；與此同時，格蘭蒂納腳下一空，他的飛行術竟然失靈了。

格蘭蒂納手中的法杖大放光芒，包裹住他全身，瞬間穩住了下墜的身形。

周圍霧氣匯集扭曲，變成一個碩大的漩渦，飛快盤旋，強大的吸力拉扯著格蘭蒂納。

格蘭蒂納握住法杖，喃喃唸誦一段咒語，身前凝結出一個淡綠色光圈，朝著與漩渦相反的方向旋轉，漩渦的轉速漸漸慢了起來。

不知從何處傳來一個聲音：「咦？還不錯嘛。」

漩渦陡然消失，格蘭蒂納身上的法光同時消散，他猝不及防，直直墜落，掉進一道裂縫。

2 紫

紅炎一百三十年雷月二十一日，晴

我們遇到了一個來歷不明的人，吾王和他談得很投機，王決定讓他和我們一起旅行，並賜予他進入龍界的能力。

我和比蘇一致認爲，王這樣做是輕率的。我們無法判斷這個人的來歷，顯然他不是人族，不是精靈，不是魅族，更不可能是矮人。他說自己是幾個種族的混血，分明是謊言。

但王不聽我們的勸告，他已允許那人稱呼他的名字，說要和他結下深厚的友誼。

我覺得，也許有一天，王會發現他的決定是錯誤的。

有模糊的談話聲從遠處傳來，越來越近，越來越清晰。

「……是……」

「眞的是精靈耶……」

「老師，我能摸摸他的耳朵嗎？」

「我想拔一根他的頭髮。」

「他的衣服好軟好滑。」

……

意識漸漸恢復，格蘭蒂納睜開眼，發現自己正躺在一張床上，一個紫色長髮的男子坐在床邊，一手按在他胸前，溫和地說：「肯肯，你帶回來的這位，是個男精靈吧……」

趴在格蘭蒂納胸口的小黑龍「嗯嗯」了兩聲，用爪子扒扒紫髮男子的手。男子的肩上、胳膊上趴著幾隻顏色各異的小龍，眼睛都睜得圓圓的。

一隻小紅龍揪住紫髮男子的領側激動地說：「老師，他醒了！」

紫髮男子托起肯肯，向格蘭蒂納頷首為禮：「歡迎你，閣下。」

他的面容極其俊雅，身形修長，穿著一身華貴長袍，長髮末端被一枚鑲著寶石的髮釦束住。他看著格蘭蒂納的眼神藏著一絲憂慮，好像並不太想看到他。

一隻褐色小龍鬆開格蘭蒂納的頭髮，跳到他手邊，探出前爪，在他手背上輕輕撓了一下。另一隻藍色的小龍從床沿拍打著翅膀飛起，在他眼前盤旋。

紫髮男子抓住小藍龍的翅膀，把他安置回自己肩上，低斥道：「乖一點。」又轉向格蘭蒂納說。「精靈閣下，既然你來到了龍界，就請先和肯特洛爾殿下一起回到洞窟中去吧。」

格蘭蒂納坐起身，隨意掃視了一下四周，這裡是一個石洞，擺設簡樸，床桌和椅子大多都是石器。他將視線定回紫髮男子的身上：「請問閣下的名諱？肯特洛爾殿下又是誰？」

紫髮男子的表情閃過一絲玩味：「原來肯特洛爾殿下尚未告知你他的真名。」蹲在他掌心裡的肯肯扭動了兩下，格蘭蒂納瞭然。

紫髮男子眉頭微蹙，似在思索，還有點無奈：「這種情況，我倒是沒有處理過，到底是應該住進賓客房，還是……殿下，你說該怎麼辦？」

肯肯扭動著，唔唔叫了兩聲，咬住男子的袖口拉扯了兩下。

男子摸摸肯肯的腦袋：「看來殿下因爲蛻皮期，暫時失去了說話的能力。」他的指尖暈出淡淡的紫光，罩住肯肯。

肯肯鬆開男子的袖口，終於能吐出人言：「格蘭蒂納是我的朋友。」

紫髮男子神色柔和起來：「哦？」

肯肯低頭：「我沒找到媳婦，母親不准我回來。」

紫髮男子的嘴角再度揚起，神色更加柔和了：「原來這就是你在外面繞路的原因。」他再看向格蘭蒂納，笑容與方才大不相同，充滿了誠摯的歡迎。「精靈王位的繼承人格蘭蒂納·阿法迪，歡迎你以未來龍王朋友的身分來到龍界，若不背棄你與龍的友誼，你將永遠是這裡的貴賓。」

紫髮男子拉開石洞的門，外面綠野廣袤，山川壯闊，幾隻小龍撲著翅膀飛出門外。

天空中，巨龍們正舒展著雙翼翱翔。

這裡，是龍的世界。

紫髮男子向格蘭蒂納說：「請隨我來。」他邁出門外，又側轉回身。「對了，我叫紫。」

「原來是紫大人，在精靈族中，很早就聽過您的名字。」格蘭蒂納淡然回禮。「紫」這個名字，微微觸動了他的心。

肯肯在紫的手掌上唔唔地撲搧著翅膀，紫又摸了摸他的頭：「看來殿下還是希望讓你住到他的洞窟去，我還有些事，稍後再來接待。殿下暫時失去語言能力，就由這個來爲你帶路吧。」

紫的指尖在空中一繞，幻化出一個金色光球，悠悠飄向某方。紫將肯肯遞給格蘭蒂納：「殿下也暫時拜託了。」

格蘭蒂納接過肯肯，召出葉片，跟隨著光球向前飛去。

肯肯一直在唔唔唔地扭動身體，最後搧了搧翅膀，咬住格蘭蒂納的袖口拉了兩下，低下腦袋在他的手心蹭了蹭。

對不起。

肯肯現在不會說話，只能這樣表達。

他不明白紫爲什麼會有意怠慢格蘭蒂納，龍是好客的種族，他不希望格蘭蒂納產生什麼誤解。來往的巨龍們都遠遠地避開格蘭蒂納和肯肯，只有許多隻小龍探頭探腦地一路尾隨著他們。

龍的世界與人界大不相同，這裡，是神約束不到的地方。

山脈上分布著龍的巢穴，整個龍界最高的山峰同時也是最大的龍穴，那裡就是龍王的宮殿。

光球指引著格蘭蒂納向著宮殿的方向前行，掠過一處較低的山峰時，來龍界之前那個尾隨著他們的氣息又出現了，格蘭蒂納依然當作沒有發現。光球在即將到達宮殿前時，忽然折轉了方向，飛向旁邊一座略低的側峰。

格蘭蒂納有些奇怪，低頭看了看肯肯：「難道你不住在宮殿裡？」

肯肯拍打著翅膀，嗯嗯地點頭。

每一條雄龍在即將成年時，必須開出自己的洞穴才有資格尋找配偶，他現在住的地方，就是自己開出來的。

光球飛到了側峰上，在某處山壁盤旋。格蘭蒂納來到近前，只見山壁上有著一個頗大的門洞。門洞的邊緣極其不規整，封住洞口的石板也很不平滑。肯肯從格蘭蒂納手中抬起頭，吐出一個紅色的光球，石板顫抖了兩下，轟隆轟隆、嘎吱嘎吱地打開。

肯肯仰頭看著格蘭蒂納，用力拍動翅膀，格蘭蒂納走進洞穴，只覺得眼前一花，額頭隱隱作痛。

洞窟內，鋪著厚厚的毛毯，鑲滿了彩色寶石。紅的、綠的、黃的、藍的、紫的，各種各樣顏色，一堆一堆、一串一串到處擺著掛著，被從窗戶射進的陽光一照，越發花裡胡哨。

肯肯挺著胸脯，偷看格蘭蒂納，期待著他的讚美。

格蘭蒂納僵硬地扯出一個笑容：「眞……華麗。」

肯肯眯起眼：「嗯嗯。」

這個洞窟只是相當於客廳的所在，肯肯伸著脖子，向著石壁上的另一個洞口拍打翅膀，那是一處通道，連接著其他幾個洞窟。

格蘭蒂納托著肯肯一一看去，一個洞窟中堆滿了乾肉和珠寶，各色晶石在整隻的燻豬腿上熠熠生輝。

一個洞窟裡面是一處天然的溫泉，當作盥洗室使用。

一個洞窟擺滿了兵器和書本，書架什麼的都是直接利用石壁挖鑿而成，倒還別有情趣。

最盡頭，最大的洞窟是臥室。格蘭蒂納走到門口，頓有種五雷轟頂的感覺。

這個臥室，居然幾乎全部是桃紅色。

桃紅的巨床、桃紅的被褥、桃紅的帳子，床頭用五顏六色的寶石鑲嵌出惡俗的花朵，正中央有個碩大的桃心。

格蘭蒂納把肯肯放到大床上，飛快退出房間：「你先好好休息，我就暫時住書房了。」

肯肯在床上扭動了一下，嗯哼一聲。隔壁的洞窟中傳來格蘭蒂納打掃房間的聲音。肯肯心裡充滿歉意，他現在連飛的力氣都沒有，無法好好招待格蘭蒂納。拱進被子中，他閉上眼睛，又湧起淡淡的辛酸。

這個房間，是為媳婦準備的。

他原本應該，在這個時候，和媳婦一起躺在這裡，靜靜地蛻皮，媳婦一定很喜歡他精心布置的窩。媳婦會溫柔地依偎在他身邊，幫他蓋被子……

媳婦……

格蘭蒂納收拾完書房，正從行囊裡取東西鋪簡易床鋪，客廳傳來清脆的銅鈴聲。

格蘭蒂納走到客廳，見一只掛在大門處的銅鈴正在來回搖動。

它應該是一只門鈴。

格蘭蒂納按動門上機關，石門隆隆地打開，門外站著一隻碩大飛龍，爪子裡捧著一個小包袱。

這頭龍體魄健碩，居然是嫩嫩的豆青色，好像格蘭蒂納的那條毛毛蟲一樣青翠。他看到格蘭蒂納的一瞬間，渾身僵硬了一下，冒出幽幽綠光，一瞬間變成了一個少年。

他的頭髮是綠的，衣服也是綠的，膚色微棕，一雙黑褐色的眼睛很亮。

少年抓了抓亂七八糟的頭髮，侷促不安地動了動身體：「喂，肯肯在家吧？」

格蘭蒂納側身讓到門旁：「他應該在睡覺，請進吧。」

少年上下打量格蘭蒂納，目光一與格蘭蒂納視線相碰，就噌地別開臉：「不用了！我聽說他在蛻皮，所以拿點藥給他。」把手中的小包袱往格蘭蒂納手裡一送。「這個，塗在皮上會舒服一點，是我爸讓我拿來的。嗯，因爲女王不在這裡，這是我爸的職責所在，眞不是我自己要來的！」

格蘭蒂納接過包袱：「好的，我會轉交。對了，能否告知我你的名字？等他醒了我好轉告他。」

少年迎上格蘭蒂納的視線，再度飛快地移開眼：「不用了，他知道我是誰。抱歉，我不是存心打擾你們的。等他蛻好了皮，有空了，我再找他打架。我走了，再見！」

少年劈里啪啦丟下一大堆話，飛奔而去，格蘭蒂納闔上石門，走到臥室床邊，小黑龍蜷縮在床上酣睡，脖頸上的口子裂開得更大了，左前爪上箍著一條細細金線，是契約的金環幻化而成。

格蘭蒂納把那個包袱放到床頭，回到書房中，瀏覽架上擺放的書籍。

大都是一些法術修煉和劍術書籍，偶有幾本涉及學問的，上面都蒙著塵土。

格蘭蒂納挑出了一本龍界史書，拂去灰塵，正要翻開時，書房的門被輕輕叩響。

難道是肯肯起來了？他走過去打開房門，卻發現門外竟是掛著親切微笑的紫。

「殿下，宮殿中已經備好酒宴，請隨我來。」

格蘭蒂納暗暗心驚，他一直沒有察覺到紫的氣息，更不知道他是什麼時候進入洞穴的。他不動聲色地放下書，客氣地說：「不勝榮幸，有勞紫大人了。」

紫的目光掃過書面：「稱呼我紫便可以，肯特洛爾殿下也是這麼叫的。對了，如果你想瞭解龍族的歷史，我亦可以告之一二。」

格蘭蒂納道了聲謝，和紫一起走進臥室，肯肯還在沉睡。紫低聲說：「他現在沒什麼大礙，只需要好好休息，順利的話，明天就可以脫去舊皮，再兩、三天就能完全恢復了。」

似乎是聽到了他們的談話，閉著雙眼的肯肯動了動身體。

格蘭蒂納取過床頭的包袱，說了一下方才那隻龍少年來送藥的事情。

紫笑道：「哦，那應該是拉科家的孩子，拉科是宮殿的侍衛總管。龍在換皮的時候，體溫會上升，這些藥劑能夠降低身體的溫度。」

紫打開包袱，取出一個金屬匣子，從中拿起一瓶綠色的藥劑，塗抹在肯肯身上，動作熟稔得像個經常照顧孩子的慈父。

他側過身，輕聲向格蘭蒂納道：「這邊請吧。」

紫引著格蘭蒂納進入溫泉洞窟，走到霧氣騰騰的溫泉邊，將手放在山壁上，山壁頓時裂出一個洞口。

這是一條通道，連接著一個又一個洞窟，上下盤錯，空間比肯肯住的地方大出數倍，但並未裝飾，也沒有龍居住的痕跡。

紫微笑著解釋：「這裡和方才你所在的居所本是一體，是肯肯在九十歲那年開出來的，整座側峰，包括地下，就算是炙炎第一次開洞窟時，也沒有大過這裡。這孩子是族中千年以來最有潛力的龍，龍在年少時都很單純，爽直是他們的特性，但這不妨礙他們的強大。」

格蘭蒂納問：「紫大人不是龍族？」

紫的面容在山石的陰影中有些模糊，一雙紫色眼睛平淡如水：「我當然不是龍族，你們精靈族應該早就知道這件事情。你是瑟琪絲公主的兒子，那麼，你祖父最終還是把王位傳給了你母親。」

格蘭蒂納謹慎地回答：「當年的那件事發生之後，舅舅就失去了繼承王位的資格，陪同退位的外祖父一起到處遊歷，我從出生起就沒見過他。」

紫瞥了他一眼：「你的父親是誰？」

格蘭蒂納輕嘆了一口氣：「我沒見過我的父親。母親說，是一個她偶然邂逅的人，但我母親的性格並不適合結婚，之後他們就分開了。父親大概去遊歷了吧，我很少聽到別的精靈提起他。」

紫轉過身，沿著一條岩石形成的坡道向上走：「你的樣子有些像你的母親……」他頓了頓，繼續道。「雖然這樣說不禮貌，但我還是要提醒你一句——不要犯下和你的舅父同樣的錯誤。」

格蘭蒂納淡然回答：「請放心，閣下也應該知道，目前這種事情不會發生。」

紫微微點了點頭，不再說話。

格蘭蒂納跟著他沉默地向前，方才紫的一句話，讓他特別留意。

「**就算是炙炎，在第一次開洞窟時，也沒有大過這裡……**」

炙炎是紅龍王的名字。

八百年前的暮色戰爭讓這位龍王永垂史冊，世人皆尊稱他的王銜，很少有人敢直呼他的本名。這個名字卻在剛才被紫輕描淡寫地說出，如同在談一個家人或摯友般尋常。

格蘭蒂納早就聽說過紫。

龍族有自己的疆土，和其他幾族少有來往，不管是人族、精靈族還是矮人族中，都有很多關於龍的傳言。

而龍族之中，這個名叫紫的特殊人物，尤其受到關注。

他並不是龍族，卻在龍族中享有非常高的地位，甚至連龍王都要敬他爲師長。因爲，他是紅龍王的好友。

據說，紅龍王在某次旅途中結識了紫，帶他回到族中。暮色戰爭後，紅龍王過世，在決定誰繼任龍王時，紫起了很大的作用。從此之後，他就變成了龍族中一個特別的存在。

他的種種至今都很神祕，唯一廣爲人知的是，他特別護短。

龍是熱血不羈的動物，換而言之就是比較容易惹事。每當有龍離開龍界，到廣大的世界中遊蕩，總會惹出一些或大或小的亂子。

事件嚴重到一定程度的時候，往往都是這位紫大人出面擺平。

而他擺平這些事的原則是，凡是龍對別人犯的錯，都是可以原諒的；凡是別人對龍犯的錯，都是不可饒恕的。

本著這種不講理的信條，他依然可以擺得平所有龍惹下的亂子，足以證明他的強悍。

一百年前的一件事情讓精靈族見識了這位紫大人的段數。

那是一個月黑風高的夜晚，一名少女潛進精靈族，企圖偷走精靈族的至寶——可以讓凡人長生不老的祕藥。

當時的精靈王儲藍弗抓住了少女，年輕王子的心，悸動了。

王子困住了少女，向她求愛。結果，第二天天剛亮，龍族的人就找上了門。王子這才知道，少女原來是龍族未來的女王，阿詩曼公主。

當時，前來迎接公主兼談判的人就是這位紫大人。

他向精靈王說，公主不告而入精靈王宮取藥，的確有錯在先，便由我們龍族向精靈族道個歉。

精靈王見他儀表斯文，言辭在理，也不想得罪龍族，就說，那這件事就算過去了，請閣下帶著公主回去吧。

誰知道這位紫大人立刻臉色一變，問，精靈王陛下覺得，冒犯和囚禁龍族未來的女王，調戲有夫之婦，又該問什麼罪？這些罪過都要比不告而取大得多。

精靈王這才驚覺對方是個狠角色，本著以和爲貴的原則，讓藍弗王子向龍族道歉。

紫大人猶覺口頭道歉不夠，直到王子寫了一封道歉信，才帶著公主離開。

但王子已深深愛上了阿詩曼公主，不能接受公主居然嫁給了一位人族男子。他離開族中，千方百計接近阿詩曼，並和她成爲了好友。

他將族中祕藥贈送給阿詩曼，卻沒有告訴她，人族如果服下這種藥，獲得長生不老的同時，要付出怎樣的代價。

這件事險些引發龍族與精靈族的戰爭。阿詩曼在盛怒下把王子打成重傷，精靈族十幾位大長老也傷在龍族手裡，直到精靈王引咎退位，格蘭蒂納的母親瑟琪絲繼承了王位，此事才告一段落。

所以，不論是往昔，還是現在，龍應該都是不歡迎精靈的。

格蘭蒂納跟隨著紫穿過一條長長的通道，盡頭的一扇門緩緩打開，門的另一邊奢華恢宏，華彩燦爛。

身穿鎧甲的侍衛列隊整齊，微微躬身。

「歡迎來到龍王的宮殿。」

3 搶婚

紅炎一百三十五年風月三日，陰

又一個外來者進入了龍界，竟然是一個人類，而且是女人。能夠穿越暴風雨的大海來到這裡，連王都對她另眼相看。王答應她，去搭救那些正處於大麻煩中的種族。

龍族已經很多年沒有參加戰爭了，連我的血都要沸騰起來。王的心也沸騰著，但不光是爲了戰爭，我們都看得出來。

我很猶豫，要不要提醒王提防著點兒。

我雖然老了，但眼並沒有花掉。

我分明看見了，她和那個人，經常在一起。至少單方面的，他對她很殷勤。

那種小白臉式的殷勤，王和我們這些雄龍都做不來。

可，女人，往往很吃這一套哪。

唉，這事兒眞棘手。

龍宮的房間桌椅擺設都大得不可思議，年幼的小龍在宮殿中肆意嬉戲，窈窕的女侍捧著大盤的水果、肉食走來走去，穿戴著鎧甲的巨龍守衛在樓梯邊。

龍族的文職官員們穿著優雅的長袍，文質彬彬地向格蘭蒂納問候寒暄，儀表談吐毫不輸給精靈。紫向格蘭蒂納介紹了灰龍丞相和黃龍外交大臣等幾位文官。

幾龍一精靈正互相寒暄，一個中年男子匆匆走到紫的身側，低語幾句。

紫轉而向格蘭蒂納說：「王子，我先失陪片刻。」讓幾位文職官員繼續陪格蘭蒂納聊天。

幾隻小龍在格蘭蒂納頭頂上方盤旋，其中兩、三隻越靠越近，繞到他身邊，偶爾觸碰他的衣服。那隻格蘭蒂納曾見過的冰藍色小龍直接趴在了他肩膀上，用爪子戳戳他耳朵，待到格蘭蒂納就座後，小藍龍便跳到他腿上，挑了個舒服的姿勢臥下。另一隻銀白色小龍稍羞怯些，一點點湊到格蘭蒂納身邊，一下一下輕輕撓他的袖口和頭髮。

灰龍丞相介紹說：「這兩位殿下是肯特洛爾王子的表兄妹，您懷中的這位是克祿親王家的卡雷王子，旁邊那位是索里親王的獨生女兒黛拉公主。」

灰龍丞相的笑容有些意味深長。

幾位龍族官員互相看了一眼，黃龍外交大臣咳了一聲：「那麼，殿下先嚐嚐我們龍族的美酒吧。」

女侍婀娜走來，在桌上幾個鑲滿寶石的碩大金碗中斟滿果酒，黃龍外交大臣端起其中一個碗：「我們龍族的規矩，初次進門須先飲下一碗好合之酒，意味著地久天長，永不離棄。殿下請。」

格蘭蒂納覺得黃龍外交大臣用詞不太恰當，可能龍族對言辭並不十分講究。他有些歉然地說：「多謝款待，但我們精靈沒有龍族的好酒量，這碗酒，我未必能一次飲盡。」

幾位龍族官員又互相望了一眼，黃龍外交大臣正要說些什麼，蹲在格蘭蒂納膝蓋上的小藍龍拍翅而起，趴到格蘭蒂納的酒碗邊，吱地吸了一口。

幾位龍族官員的神色變了變。

格蘭蒂納含笑說：「多謝卡雷王子幫我飲酒。」將碗舉到唇邊，嚐了一口。「芳香醇厚，眞是好酒。」

銀白色小龍抱住格蘭蒂納的袖子拚命搖晃。小藍龍飛起身，抱住碗邊，把頭插進碗中，吱吱，把一碗酒吸得乾乾淨淨，鼓著圓滾滾的肚皮探頭在格蘭蒂納臉上蹭了蹭，又重新蹲到他的膝蓋上，打了個滿足的酒嗝。

黃龍外交大臣笑容有點僵硬，端過一盤橘子向格蘭蒂納面前推了推：「請用。」

格蘭蒂納拿起一個橘子剝開，小藍龍抬起頭，用水汪汪的雙眼望著他，格蘭蒂納掰下一個橘瓣，送到對方口邊，小藍龍立刻一口咬住。

那隻銀白色小龍用爪子拚命撓著格蘭蒂納的衣袖，鼓起腮，格蘭蒂納又掰下一個橘瓣遞到她口邊，小銀龍用兩隻前爪抱住橘瓣，乖巧地咬了一口。格蘭蒂納摸摸她的頭，小銀龍臉上頓時浮起紅暈，低頭一小口一小口地咬著橘子。

在座的龍族官員表情都有些奇異。

灰龍丞相的嘴角動了動：「您眞是博愛啊。」

黃龍外交大臣向灰龍丞相丟了個眼色，兩人一起站起身，走到稍遠的地方，格蘭蒂納依稀聽見他們在低聲議論。

「這樣……要不要帶他去……」

「肯特洛爾殿下已經……還是去吧……」

剩下的幾名官員又向格蘭蒂納敬酒閒聊，片刻後，灰龍丞相和黃龍外交大臣折返回來，灰龍丞相搓了搓手：「紫大人還沒有回來，就由我們帶著格蘭蒂納殿下先去風語廳吧。」

兩隻小龍聽見這句話，便拍打著翅膀離開了。格蘭蒂納起身，跟隨灰龍丞相走上盤旋的樓梯。剛踏上二樓地板，就看見紫迎面走來，灰龍丞相停步：「我們正要帶著精靈王子到風語廳。」

紫的雙眉微微皺起：「也罷，就帶他去吧。」

黃龍外交大臣快步上前，低聲對紫耳語幾句。

紫掃了格蘭蒂納一眼：「這位王子可能只是不瞭解龍族的規矩而已。」

黃龍外交大臣點了點頭，退到旁側。

格蘭蒂納詢問：「是否我剛才有什麼失禮的地方？」

紫掛起一抹薄笑：「沒什麼，請不要介意。這邊走吧。」

龍宮的牆壁都沒有打磨得很光滑，搭配著略有些粗獷的華麗裝飾，有一種獨特的美。整個宮殿在這樣炎熱的夏季也格外清涼，二樓地上厚厚的毛毯能沒到腳踝處，踏上去卻也不覺得熱。

一道長廊盡頭折轉處有一面長鏡，鏡身的花紋很特別，整面鏡子似乎蘊含著一股獨特的力量。但它好像一件不受待見的擺設一樣，被隨便丟在角落裡，格蘭蒂納不禁多看了它一眼。

紫停步：「你認識這面鏡子？」

格蘭蒂納走近鏡子：「傳說，紅龍王陛下少年冒險的時候，得到了一件神的寶物，是一面可以看到未來的鏡子。」

紫微微頷首：「不錯，這面鏡子是炙炎帶回來的，不過，他是把它當成一面普通的穿衣鏡扛回來的。龍族不信命運，更不信未來可以提前得知，所以除了一些孩子會照著玩之外，基本沒有龍理它，它就被丟在這裡了。聽說精靈最崇敬神，殿下想不想試試這面鏡子？」

灰龍丞相插話：「它本來就是假的吧？我小時候照過，的確看到了長大後的樣子，不過成年後再來照，就和照普通鏡子一樣了。」他往鏡子前一站，鏡面暈出淺淺白光，但鏡中映出的是和普通鏡子一樣的影像。

黃龍外交大臣和其他幾位官員也示範了一下，結果都是一樣的。

「就是一面普通的穿衣鏡而已。」

「先紅龍陛下一開始就說它是騙人的。」

「好像一直就只有紫大人說它是寶貝吧。」

……

紫笑著擺了擺手：「還是讓精靈王子自己試一下吧。」

幾位龍族官員讓到一旁，格蘭蒂納走到長鏡前，鏡面又放射出光芒，片刻後，光芒斂去，鏡面上一片空白，什麼都沒有。

幾位龍族官員都愣住了。

「怎麼回事？」

「該不會是剛才我們接連著照，它壞掉了吧？」

「鏡子會壞得照不出影子？」

「它畢竟不是普通的鏡子，是不是裡面的某個機關壞了？」

紫深深地看了格蘭蒂納一眼，走到他身邊，鏡子再度發出光芒，而光芒隱去後，鏡中依然什麼都沒有。

幾位龍族官員立刻接著議論。

「果然是壞了。」

「以前明明能照出紫大人的。」

「唉，這麼多年了，也是到了要壞的時候了。」

黃龍外交大臣湊到鏡前探頭張望，鏡中他的身影十分清晰。

黃龍外交大臣咦了一聲，索性站到紫和格蘭蒂納身邊，鏡子裡只有他獨自站著，旁邊沒有紫，也沒有格蘭蒂納。

黃龍外交大臣茫然地來回轉動身體：「這……這鏡子壞得有點奇怪啊。」

紫轉身走到一旁：「大概是我和精靈王子的未來，連神的寶物都難以預料吧。」

格蘭蒂納笑了笑，離開時他又向那鏡子看了一眼，不知道爲什麼，心中隱隱有種特別的感覺。

紫看了看他：「看來殿下對命運還是很在意的。」

格蘭蒂納謙虛地說：「因爲我們不像龍族這樣，有連神都不得不歎服的力量。」

幾位龍族的官員連同紫都笑了起來。

灰龍丞相欣然：「王子殿下對我們龍族的歷史似乎很熟悉。」

格蘭蒂納微笑回答：「這是應當被傳誦的故事，怎能不銘記。」

□

傳說，在遙遠的太古時代，天與地剛剛形成，世間萬物始被孕育，第一位神祇來到這個世界，他很喜歡這裡，就用神力在大地上畫下了一個代表賜予和關愛的符文。神將會眷顧這裡，把這個世界變成神恩澤下的樂園。

神畫下符文後就離開了，等他再次回到這個世界時，他發現符文旁多了一個小小的問號。這個問號對神眷顧的意向表達了質疑，竟動搖了符文的神力。

神有些詫異，他便抹去了上一個符文，重新畫了一個，新符文代表了神的威嚴和掌控這個世界的至高無上。

神畫好之後再度離開，等他又回來時，發現新符文上竟被打了個叉，動搖了不可違逆的神力。

神有些惱怒，又抹掉了這個符文，重新畫上了一個更加嚴厲、更加不可抗拒的符文。這次，他假裝離開，用隱形的法術藏在天空中，觀察地上的景象。

在夜晚快要到來的時候，從山石中鑽出了一隻小小的四爪爬蟲，牠跑到符文上，用爪扒著土，堅定地在新符文上畫了一個大大的叉。

神震怒無比，但捏死這麼一個微不足道的小東西有違他的仁慈，他便丟出一個牢籠，把四爪蟲關在裡面。過了一段時間，神忽然發現四爪蟲竟然把堅硬的牢籠啃出了一個豁口，牠的牙齒和爪子變得非常鋒利，身體似乎也長大了一些。

神再把四爪蟲關進了一個新的牢籠中，這個牢籠表面布滿了火和雷電。又過了一段時間，神以為應被雷電徹底擊垮折服的四爪蟲居然長出了堅硬的鱗與皮，不怕雷電，也不畏火燒，甚至還吞食雷電與火球作食物，身體更加龐大，幾乎要脹破牢籠。

神越發震怒，他索性用神力在地上開出一道萬丈深淵，深淵最底部沸騰著滾燙的岩漿，吹著能削破一切的厲風。

神把四爪蟲丟進深淵，再把深淵口封攏。世界終於清靜了，世間變成了神恩澤的屬地，越來越多的神祇來到這裡。山野鋪滿錦繡，河床淌著甘甜的水流，人族、精靈族和矮人族各成體系，無數種生靈在神的關愛中愉快成長。

沒人還記得太古時的那隻四爪蟲，連最開始到來的那位神都漸漸遺忘了那段不愉快。

直到有一天，大地突然震動，天空變了顏色，一道黑影撞破土地直入雲霄，展開碩大雙翼遮天蔽日，發出連神的殿堂都動搖的咆哮。

黑影衝到神殿前，撞倒了神柱，推倒了神殿，無數神聯手擒捕也無法將牠降伏，因為即便打敗牠、關住牠，很快牠又會以更強的姿態出現。

最終，連神都對牠肅然起敬，最仁慈的天帝代表所有神祇與牠達成和解，牠擁有了一塊特別的領地，那裡完全自由，沒有神的插手，任牠恣意地翱翔。

牠的名字，叫作龍。牠的後代們，就是龍族。

□

格蘭蒂納跟著龍族的人穿過長長甬道，又走上一道盤旋的樓梯，在樓梯盡頭有一扇密封的門。

紫將手按在門上，門緩緩打開。

門內是一個很大的房間。

一塊長方形的水晶橫在房間正中，水晶內躺著一個年輕的人類男子。

他穿著一身簡潔雅緻的長袍，閤著雙目，神情安詳。

幾位龍族官員肅然行禮，格蘭蒂納將手按在胸前，微微躬身。

水晶中這個人的身分顯而易見——龍族女王阿詩曼的丈夫，肯肯的父親，人類王子林洛。

一百年前，龍族女王阿詩曼從雷頓王國搶走了三王子林洛，原本只是賭氣的阿詩曼卻眞的愛上了這個人類王子。

爲了改變人類短暫的壽命，阿詩曼拚命尋找各種祕藥，甚至前去精靈族盜竊。

精靈王子藍弗把族中長生不老的祕藥贈送給阿詩曼，他卻沒有說出服下這種藥物，獲得永恆生命的人類所要付出的代價是永遠沉睡。

紫緩聲說：「林洛陛下每十年醒來一次，很不巧，這次你沒有遇上他醒來的時候。」

格蘭蒂納再躬身：「我謹代表精靈族，表達最深的歉意。」

紫面無表情：「當年也是因爲女王太年輕，做事欠缺考慮，才會釀成這種結果，龍族亦有責任。但，假如再發生龍被精靈欺騙的事件，絕不會像這件事一樣輕易結束。」

格蘭蒂納平靜地說：「精靈愛好和平與友誼，舅父做出的那件錯事，在精靈族中是極其罕見的，他也付出了應有的代價。希望我們精靈族有機會彌補這個錯誤，更希望日後龍族與精靈族能結成更深厚的友誼。」

紫冷冷地回視著他：「彌補就不用了，只要你們不再搞欺詐，停止正在進行的詭計，就不會有摩擦發生。」

格蘭蒂納立刻回答：「請閣下放心。」

紫的目光掃過他的左手腕，閃過一抹似譏諷又似感慨的不明表情。

灰龍丞相湊到紫的身邊，低聲問：「是不是馬上進行那個儀式？」

紫皺起眉：「什麼儀式？荒唐。我只是帶這個精靈來看一看他舅舅做下的好事。」

灰龍丞相猛地咳嗽幾聲，飛快看了格蘭蒂納一眼，笑道：「是的是的，紫大人的意思我們明白……那麼，咳咳，就先出去吧。」

紫嗯了一聲，率先走出門。

灰龍丞相擠眉弄眼地向黃龍外交大臣丟了個眼色，跟著對格蘭蒂納說：「因爲女王不在龍界，所以根據禮節，先帶您來與林洛陛下相見。現在相見儀式已經結束，請吧。」

回到大廳後，黃龍外交大臣招來龍侍，吩咐準備宴席。話還沒說兩句，忽然從宮殿外傳來巨大的喧譁聲。

灰龍丞相正要喊侍衛過來詢問，一隻紅色小龍拍打著翅膀飛過來，在椅背上停下，慢條斯理地抱起前爪：「唉呀，卡雷和黛拉這就在外面打起來了，小孩子真是性急啊。」

紫起身：「荒唐，我去讓他們停止。」

幾位龍族官員的表情又都微妙起來。

小紅龍晃晃腦袋：「看來老師仍然無法接受現實，他就是太死板了。」

灰龍丞相再清了清喉嚨，向格蘭蒂納扯起笑容：「那個，王子殿下，你要不要也和我們一同出去看一看？」

紅色的小龍繞著格蘭蒂納飛了一圈，停到他肩膀上，扯扯他的頭髮：「美人，我是肯肯的表兄，所以我和卡雷還有黛拉擁有同樣的權利哦。」

格蘭蒂納疑惑，忽有了一種不好的猜測。

小紅龍又抱起爪子，老氣橫秋地嘆了口氣：「唉，不過，可惜，你為什麼是公的？我沒有表弟們那麼廣博的胸襟。如果你有妹妹的話，能不能介紹給我認識？」

宮殿外，濃煙滾滾，風雷陣陣，兩頭巨龍在半空中扭打成一團。

冰藍色的巨龍擺動尾巴，張口噴出一條火舌，銀白色的巨龍搧動雙翅，捲起狂風，將火舌撲還到冰藍色巨龍的面前。

冰藍色巨龍又吐出一道雷電，高聲道：「黛黛，妳知不知羞恥！明明是頭雌的，有什麼資格和我打！難道妳那麼有自知之明，知道自己一定嫁不出去？還是回家乖乖等著有沒有近視、散光加白內障的雄龍去搶妳吧！」

銀白色巨龍也噴出一道電光，大聲喊：「呸！他是公的，我為什麼不能搶？我還說你奇怪呢！女王的丈夫也是搶回來的，難道你罵的話裡包括了女王？」

兩道電光在空中碰撞，劈啪爆開。

冰藍色巨龍在空中轉了個圈，變成一個冰藍色短髮的少年，揮著一條長鞭，向銀白色巨龍甩去：「他是肯肯表哥帶回來的，不管是公是母，要奇怪也是肯肯表哥先奇怪，他怪我們只好怪，反正大家一起怪！」

銀白色巨龍扭身避開電光，化作了一個銀色長髮的少女，抽出一把銀色長劍，斬向長鞭，笑嘻嘻地說：「那麼，為了讓表哥們不奇怪，只好由我把他搶過來啦。卡卡，我是不忍心看到你走上不歸路呀。」

兩人揮舞著兵器，在天空中打得酣暢，一群龍族圍在地上，興致勃勃地觀看，間或為他們吶喊鼓勁。

克祿親王和索里親王站在最前方，抱爪觀望，克祿親王是一頭雄壯的深藍色巨龍，索里親王和他的女兒黛拉公主一樣，是一隻銀白色的龍。克祿親王的鼻孔重重地噴氣，顯得有些焦慮，索里親王則是一副心情甚好的模樣。

卡雷和黛拉在天空中激戰正酣，忽有一道紫光劃過，卡雷和黛拉被彈開，蹬蹬後退幾步，紫光一分為二，罩住他們的身體，卡雷和黛拉互瞪一眼，降落到地面。

「老師，關鍵時刻，為什麼阻止我們？」

「老師，你該不會偏心眼，怕我贏了表哥，讓他沒面子吧？」

卡雷嗤地冷笑：「妳想贏我？自不量力。我是怕打到妳的臉，讓妳更嫁不出去，所以只用了三分之一的力氣。」

黛拉挑起眉毛：「呀，大話誰不會說？我還說我只用了六分之一的力氣來著。」

「就憑妳？任性的醜丫頭！」

「是沒你好啊，百無一用的傻子龍！」

少年和少女梗起脖子，又要掄武器，紫呵斥：「都住手。」

卡雷悻悻地聳聳肩，黛拉吐吐舌頭，都老實地不動了。

克祿親王和索里親王朝格蘭蒂納看了看，克祿親王的目光比較複雜，索里親王則和氣地向格蘭蒂納點了點頭。

兩位親王都變成了人形，索里親王問：「紫，爲什麼要阻止他們？」

克祿親王粗聲說：「雖然我不喜歡精靈，但這是按規矩必須要進行的戰鬥，應該繼續下去。」

紫示意兩位親王、卡雷和黛拉同他一起走到一旁，幾個腦袋湊在一起嘀嘀咕咕。

格蘭蒂納不好的猜想越來越得到印證，心情相當複雜，小紅龍戳戳他的臉：「美人，看來肯肯沒有告訴你我們龍族的風俗嘛。每頭雄龍找到自己的配偶時，他的親屬便擁有搶親權，只有打敗了搶親者的龍，才有資格和配偶締結被公認的合法關係。」

格蘭蒂納的額頭一跳一跳疼起來：「諸位誤會了，我……」

正在此時，與紫談話的克祿親王大吼一聲：「只是朋友？」

黛拉愕然地說：「不會吧？」

卡雷吼得和他爹差不多大聲：「但是他都和肯肯表哥住到一個窩裡了！」

一旁圍觀的龍全部安靜了下來，伸長脖子，睜大眼。

紫淡定地說：「邀請朋友住到窩裡，本來就是很平常的事，的確不是你們想像的那樣邪惡。」

卡雷抓抓亂七八糟的頭髮：「可是，他剛來的時候，表哥明明和他膩膩歪歪的！」

紫面無表情：「我不知道普通的友誼在你的眼裡居然如此扭曲，看來卡雷殿下需要再多上幾堂哲學課。」

卡雷愣了愣，黛拉公主咬了咬嘴唇，索里親王向圍觀的龍群揮了揮手：「好了好了，大家今天都先散了吧。」

巨龍們紛紛展翅離去，格蘭蒂納肩膀上的小紅龍也拍打著翅膀飛起：「居然是誤會嗎？太遺憾了，本來我還佩服表弟的卓爾不群哩。那麼我先走了，美人，你有妹妹的話，一定要介紹給我認識哦！」

索里親王爽快地向格蘭蒂納道歉：「竟對閣下做了如此荒唐的猜想，實在抱歉。」

克祿親王在一旁粗聲說：「是啊，你應該早點解釋清楚嘛！」

我眞的沒有料到諸位的思想居然如此奔逸。格蘭蒂納只能在心中苦笑，假裝鎮定地說：「沒關係，希望沒給諸位帶來麻煩。」

黃龍外交大臣很憂愁，他小聲地對紫說：「怎麼辦，大人，馬上要開的宴席我是按照迎親宴的規格安排的。」

紫簡潔地說：「立刻重做。」

黃龍外交大臣搓著手去執行了，灰龍丞相負責爲他善後，滿臉愧疚地走向格蘭蒂納：「精靈王子殿下，抱歉，因爲剛剛進行了一場爭鬥，有些事務……我們必須先處理一下……宴會可能要延遲舉行……前面有座山峰，風景很好，由我做嚮導，帶您觀賞一下吧。」

他喊過一頭龍衛，馱起格蘭蒂納，自己化回龍形，帶著格蘭蒂納飛到近處的山峰上。

山的風景的確很好，站在山頂，視野開闊，可以盡情欣賞龍界的壯麗風光。

灰龍丞相介紹說，這座山本是龍界第二高的山，紅龍王炙炎年少時第一次開出的巢穴就在這。按照龍族的規矩，龍死去之後，就葬在自己的巢穴中，把巢穴封住。等到一千年過去，龍的屍骨早已化成塵土，才允許其他龍在那裡開出新的巢穴。

紅龍王死後，按照龍族的規矩，便把他安葬進這個巢穴，龍族的悲痛讓這座山坍塌了一大截，整座山都成爲紅龍王的紀念之地。

灰龍丞相抬頭看了看陰雲密布的天空：「真奇怪，現在是龍界歷的火月，按理說這幾天不會下雨。」

他的話音未落，天空中已飄落下淅瀝的小雨。

格蘭蒂納抬手接了幾滴雨水，灰龍丞相張開一個法力的護罩，包裹住自己和格蘭蒂納，擋住了越來越大的雨滴。

「王子，要不然我先送你回洞穴吧。」

格蘭蒂納猶豫了一下：「但我想去拜謁紅龍王陛下的墓碑，不知是否方便？」

灰龍丞相立刻說：「我龍族從不講究什麼繁文縟節，難得精靈王子能有這份心意，這邊請吧。」

紅龍王的墓碑設在半山腰，這裡曾是紅龍王第一個巢穴的入口，也是墓穴的封閉之處。

石壁上雕刻著幾行字——

最偉大的龍王炙炎的安眠之地，他的英靈將一直守護著龍的世界。

龍王與他最心愛的女人沉眠在一起，他們永遠愉快地安息。

兩段字迥然不同，第一段蒼勁潦草，第二段端正清雅。

灰龍丞相解釋道：「炙炎陛下的墓穴曾經打開過一次，上面這一段是陛下剛剛過世時，他的弟弟烏蒙陛下親手刻的。後來，紫大人到人界尋找回了暮色騎士的屍體，讓她與陛下葬在一起，這段話便是二次封起墓穴時，紫大人刻上的。」

格蘭蒂納沉默地望著石壁，紅龍王之後歷代龍王都在這裡設下了法力防護，整個山峰都籠罩在龍的法界之中，但在強大龍氣之中潛藏著一股不易發現的、異常強的法力，作爲最堅固的護罩，牢牢地守護著紅龍王的墓穴。

這股法力的源頭正是石壁上的第二行字，在清澈中帶著哀傷，還有著淡淡的，神的氣息。

□

肯肯昏昏沉沉地睡了很久，不斷地作夢，一下夢到自己正在樹下打瞌睡，換皮也好，回到龍界也好，不過都是大夢一場；一下又夢見自己娶了媳婦，自己牽著媳婦的手，發誓永遠和她在一起。

他渾身的皮繃得很難受，已蛻去舊皮的嫩肉火辣辣的，很癢。他猛地變得巨大又猛地縮小，企圖快點掙脫舊皮，但毫無作用。他心裡不由得有些煩躁，用力地撲搧翅膀仰起頭，突然，一股清涼的感覺包裹了他全身，讓他的躁怒漸漸平靜。他蜷縮起身體，越變越小，等待那雙手將他抱起。

他靠進那個熟悉的懷抱，平靜又心安。他知道，每次在他很難受的時候，紫都會出現，就像現在這樣。

肯肯扭動了一下，找到一個舒服的姿勢，將腦袋枕在柔軟的衣料上。

「紫，等換完皮，我想吃醃好的前腿肉。」

抱著他的人輕笑出聲：「原來你已經能說話了，對不起，我不是紫，我會幫你轉告他，你想吃前腿肉。」

肯肯的耳朵動了動，努力撐開眼皮：「格蘭蒂納。」他輕輕撓撓格蘭蒂納的衣袖，愧疚地含糊說。「對不起……我都沒有帶你在龍界觀光……」

格蘭蒂納把肯肯放回床上，拿過床頭的藥劑幫他塗抹：「耐心換皮吧，對了……紫對你來說，似乎很特別。」

肯肯點了點頭：「嗯，紫是我的老師，好像……父親。」

父親這個詞的意義，對肯肯來說，原本很模糊。父親很溫和，懂很多東西，但他總是在睡覺，每十年才能醒來一天；在那一天，母親總會抓著父親拚命說話，他待在旁邊，顯得有點多餘。

母親也很少在龍界，她多數時候都在尋找能讓父親不再睡覺的方法。

偌大王宮的寢殿裡，只剩下肯肯。

寂寞時他就跑到父親的房間，睡在水晶上，每次都是紫找到他，把他抱回房間，陪伴他入睡。

「紫還在修煉學院當老師。」

修煉學院是培養幼龍的學校，不論是擁有王族血統的，還是普通的小龍，在成年前，都要到那裡學習。

格蘭蒂納不禁失笑：「有這麼好的老師，怎麼你的學問還是這麼差。」

肯肯蠕動了一下：「紫是教我劍術和法術的，因察才是文學教師。」

因察是灰龍丞相的名字。

肯肯小聲嘀咕：「因察太囉唆了。」

格蘭蒂納輕笑著把藥劑放回木盒。

肯肯一隻翅膀上的皮已蛻下，又陷入淺眠。格蘭蒂納走出洞穴，夜晚的龍界平和靜謐，雨已經停了，漫天星辰熠熠，龍界的天空比人界更加高闊，夜風恣意地徜徉在天地間，自由自在。

那股跟蹤過他和肯肯的熟悉氣息又出現了，而且離得很近。格蘭蒂納向一側的樹叢瞥了一眼。樹旁的黑影迅速縮進陰影中，格蘭蒂納只看清了一頭長髮和長裙的一角。

他的目光轉到另一處，不由得浮起興趣盎然的笑容。

肯肯的洞穴大門旁邊放著一個漂亮盒子，盒蓋上有一張對摺的粉色卡片，上面繪著細碎的白色花紋，用俏麗可愛的筆跡寫著：

肯肯，期待著你早日蛻皮成功，變成最威武的龍。我做了一些點心爲你加油！

翡璃

連紫在官方場合尚且要稱呼某頭龍爲肯特洛爾王子，這張卡片上只寫了暱稱，看來是非常親密的關係。

格蘭蒂納的笑意更深了，捧著盒子，回頭望去，剛才的那個少女不知何時走出了樹叢，站在幾步之外望著他。

她的皮膚異常蒼白，綠色長髮披散著，鑲著蕾絲花邊的黑色長裙及地，白色的絲綢襯衫領口綴著黑色緞帶，一雙大而冰冷的眼睛直直地注視著格蘭蒂納，像一個製作精美的人偶娃娃。

格蘭蒂納向前走了一步：「這盒點心是妳……」

少女打斷他的話，幽幽地開口：「龍界不歡迎精靈，尤其是別有居心的精靈。」她聲音帶著一點沙啞，目光中充滿強烈敵意。「我知道的，你是在利用他，收起你虛偽的嘴臉，快離開這裡。」

格蘭蒂納笑了笑：「抱歉讓妳產生了不愉快，希望沒有影響妳欣賞美麗夜色的心情。」

「我只希望你沒弄髒盒子。」少女冷冷地轉過身，在月光下向遠處走去。

格蘭蒂納把盒子與卡片送到洞內，放在肯肯床頭；再走出來時少女早已不見了，樹林中空蕩蕩的，蟋蟀在草叢裡叫得很歡快。

格蘭蒂納信步在山坡上走，濕潤的青草沒過腳踝，打濕了衣角。清冷的銀月下，一頭綠油油的巨龍噗噠噗噠地向這邊走來。

龍看見了格蘭蒂納，愣了愣，渾身綠光一閃，變成了那個前來送藥的綠頭髮少年，抓抓凌亂的短髮，向格蘭蒂納打招呼：「你好。呃……還沒睡啊。」

格蘭蒂納向他頷首回禮：「想多看一看美麗的龍界夜色，就出來走走，您也在散步？」

少年不好意思地笑了笑：「哎呀，你是龍界的貴客，千萬別對我用敬稱啦。我出來找人的，晚上飛在天上看不清地面，就用走的了。對了，你有沒有見到一隻和我一樣綠色的龍？」

格蘭蒂納答道：「沒有。不過，我見過一個女孩子，穿黑色長裙，頭髮的顏色和你很像。」

少年的雙眼一亮：「就是他！他是我哥哥。」

格蘭蒂納淡定地說：「你們長得不太一樣。」

「少年」點點頭：「對，我們是迷蹤龍，雄龍和雌龍的體形差別很大，就算我和我哥是孿生兄妹，長得也一點都不一樣。」

她看了看格蘭蒂納，有些侷促地說：「你會不會覺得很奇怪啊，雌龍比較像雄龍，雄的反而像雌的。」

格蘭蒂納微笑著說：「不，我覺得您是很美麗的小姐，就像花朵各有不同，女孩子的美也有不同形式。」

在夜色中，精靈的笑容更像淡雅的花。

她的臉有些紅：「眞的啊，謝謝你，從沒有誰這樣對我說過。在學校裡，他們都喊我哥們，卻把我哥當女孩看。我們迷蹤龍就只能接受現實了，因爲我們的顏色比較容易隱藏在山野裡，雄龍體形較小，一般擔任龍族的偵查任務。守衛龍穴、養育子女的任務統統都要由雌龍來做，雌龍就比雄龍龐大很多。龍族裡，別的龍很少和我們迷蹤龍聯姻。」

格蘭蒂納瞭然地說：「原來是這樣，對了，能否告訴我妳的名字？」

她立刻說：「當然可以，我叫翡璃，我哥哥叫翡琉。」話剛衝出口，她又覺得自己說得太快了，不由得抓住了上衣襬。「對、對了，肯肯……怎麼樣了？這回是他洗筋換骨之後的蛻皮，好像挺關鍵的。」

格蘭蒂納回答：「目前蛻皮還算順利，他很感謝妳送的藥，幫了很大的忙。」

翡璃笑了一聲，有點結巴：「是、是嗎？那……就好。唔，還有……今天下午，聽說王宮那邊有點小誤會，你別放在心上啊。我們龍就是這樣的，可能別的種族看來比較怪吧。」

格蘭蒂納含笑說：「我很欣賞龍族的個性，可能你們龍族看我們精靈，也會有點奇怪。」

翡璃用力搖頭：「沒有啦，反正看到你，我覺得精靈很有禮貌。不過……總有點距離感，說話好像唸詩一樣，不像我們直來直去……」她的臉越來越熱了。「對不起，我又多話了，啊，好像又下雨了。」

她擦擦臉，抬頭望天，剛才還銀星滿天的天空一片漆黑，細細的雨絲落下來，並有越來越大的趨勢。

她跳起身：「哎呀，我要趕緊去找我哥了，先走了啊，再見！」

格蘭蒂納喊住她，從隨身的皮袋中取出兩把傘，遞給她一把，翡璃擺擺手：「不用了，我們龍下雨從來不打傘！」

格蘭蒂納溫柔地說：「晚上的雨有點涼，拿著吧。」

翡璃的臉又紅了紅，接過雨傘，向格蘭蒂納揮揮手，在夜色中飛快跑遠。

天空劃過閃電，炸響驚雷。格蘭蒂納撐起傘，走回肯肯的洞穴，雨水像傾倒的水盆一樣嘩嘩地流著，閃電越來越亮，雷聲越來越響。

格蘭蒂納回到洞穴內，關上洞門。肯肯睡得很熟，格蘭蒂納回到書房，從懷中取出那把寶藏鑰匙。

鑰匙上的暗紅色寶石流轉著詭異的光暈，竟隱隱有些發紫。

就在它被取出的一剎那，一道異常亮的閃電劈在了這座山峰上，洞穴中的石桌都顫動起來。

格蘭蒂納把鑰匙合在雙手間，唸出幾句咒文，迅速把它收好。

洞穴中的顫動停止了，雷聲依然一個接一個地炸著，大約半個鐘頭後，雷雨毫無徵兆地戛然而止，龍界恢復了平靜。

4 離開

紅炎一百三十六年霧月五日，雷雨

越來越奇怪了。

可我的屢次提醒，吾王都不放在心上。

每次我剛開了話頭，他就說：「里維，你和精靈待在一起的時候太多了，染上了那些神叨叨的毛病。狂風、驚雷、暴雨……這些不是我們龍族的最愛嗎？它們頻繁出現，正是來爲我們助威的。總曬太陽會把筋骨融化，一起去雨中沖個澡吧！然後一鼓作氣，滅掉魔族！」

不錯，目前的當務之急，是先要把那些該死的魔們滅了。

人族和矮人傷亡慘重，精靈只比他們稍微好了一點點，我們這邊也有不少頭掛彩。

我的翅膀現在都還不大能保持平衡，連睡覺也只能豎著。

連皮亞都說正是因爲這樣，我才情緒紊亂，胡亂猜疑。

唉，如果是五百年前，二十頭那樣的小魔怪我也能一口火全部烤糊了。

大概我眞的老了吧。

第二天清晨，肯肯的皮已換下一大半，格蘭蒂納在儲藏室找了下，居然沒找到肉之外的食物。

他走到洞穴外，發現昨天借給翡璃的雨傘放在門外，傘面被撕成了一條條，上面還有幾個腳印。

格蘭蒂納有些好笑，在洞外拔了一把野菜，隨手把那把傘丟進垃圾桶，取出隨身儲蓄袋中的香米，煮了些粥。

肯肯依然沒有胃口，只喝了一鍋粥就飽了，繼續努力地蛻皮蛻皮。他最開始換下舊皮的地方已經長出新皮，並且顏色逐漸加深。紫此前來看過他兩次，替他塗藥，這時又趕來守在床邊。

爪子上的舊皮脫落時，肯肯左前爪上的金環哐啷一聲，隨著皮一起脫掉，肯肯用嘴叼起金環，又重新套回左爪上。

紫和格蘭蒂納都站在床邊，紫微微笑了笑。

只剩下脊背後部、尾巴和後爪上的皮了。肯肯筋疲力盡地縮小身體，趴在床上小睡，紫和格蘭蒂納無聲無息地走出臥室。

紫隨意地問格蘭蒂納：「住得還習慣嗎？」

格蘭蒂納回答：「挺好。」

紫踱進廚房，掀開鍋蓋：「聞起來挺不錯的。」拿起旁邊的一只碗，盛了一些，嚐了嚐，稱讚道。「有遙遠的東方人族食物的味道。」

格蘭蒂納笑了笑：「我有個朋友是東方的占卜師，從他那裡學來的。您去過東方？」

紫微微頷首：「年輕的時候去過，這個世界很少有我沒去過的地方。對了，昨晚睡得好嗎？」

格蘭蒂納說：「還好，昨晚的雷聲很大，原來龍界的雷電比別處更威猛。紫大人臉色有些疲憊，請多休息。」

紫放下粥碗：「這段時間你對肯特洛爾殿下多有照顧，理應向你致謝。」

格蘭蒂納說：「沒什麼。我聽說他這次是洗筋換骨後的一次蛻皮，很關鍵，是怎麼回事？」

紫輕描淡寫地說：「肯肯是龍族和人族的混血，王族中從未發生過這種事，雖然每一百年，就會有一隻王族的成年雄龍從人界帶回公主，可她們都沒有生育。阿詩曼是第一個與人類生下後代的王族龍，這孩子在第一次蛻皮後，即將步入少年期時，要在元素池中洗筋換骨，才能成爲眞正的龍。那個過程很痛苦，曾有過龍族與其他種族的混血在元素池中化煉失敗成爲殘疾的先例，他堅強地挺下來了。聽說你幫忙解除了龍族與雷頓的契約，這樣很好，其實人與龍的結合對雙方都沒有好處。」

臥室中，趴在床上的肯肯眼皮動了動，假裝什麼都沒聽到。

母親作爲父親的媳婦很幸福。所以，他也要找一個能像母親和父親一樣，與他相愛的好媳婦！他振奮精神，猛地甩動尾巴，最後一塊舊皮終於從他尾巴梢上脫落，他歡暢地噴了一口氣。

紫快步走到床邊，欣慰地摸摸他已經長出新皮的腦袋，經歷了少年體成長爲成年體的重要換皮，黑龍的輪廓和骨骼也開始有了些許變化，這變化會隨著時間飛快加劇。

肯肯看著格蘭蒂納，拍拍尾巴。紫揉揉他頭頂：「等體力恢復之後，再和精靈王子聊天吧，你現在需要睡一覺。」

肯肯闔上眼皮，終於能徹底舒適地進入夢鄉，等這一覺醒來，新皮就能長得差不多，再過幾天，他就能變成比以前更強的龍，繼續和騙子精靈一起尋寶了。

幾天而已，不知道有沒有被魅族搶到了前面……

不要緊的，格蘭蒂納有鑰匙。

格蘭蒂納看著打起鼾的黑龍，取下左腕上的金環，放到肯肯的床頭。這金環已失去了契約的效力，或者說，契約根本沒有成立過。未來龍王的眞名是肯特洛爾，肯肯這個名字不具備任何的束縛力，只是依靠著龍慣於遵守諾言的精神力，才起了暫時性的作用。

格蘭蒂納帶上臥室的門，走到客廳中向坐在長椅中的紫說：「能來龍界觀賞，非常榮幸，但我還有事情要辦，須暫時離開了。」

紫毫不意外地點了點頭。

格蘭蒂納接著說：「那把紅龍王陛下的鑰匙，請讓我繼續借用一段時間，等找到寶藏，我會將它和財寶的一半一起還給龍族，這是我做下的承諾。」

紫挑了挑眉：「你相信這把鑰匙能打開寶藏？如果傳言是眞的，所謂的寶藏早就應該被炙炎拿到，不會留到今天，讓你們來爭搶。」

格蘭蒂納淡然地說：「我不會自信到以爲自己的法力能與紅龍王比擬，但，不管寶藏是眞是假，我都想去試試。既然寶藏的傳言已經引起了幾族的不安，或許徹底揭開祕密是最好的做法。」

紫的臉上掠過一絲陰霾，仔細地看了看格蘭蒂納，站起身：「好吧，既然你執意如此，也不便再在這裡耽誤行程。」

他打開洞門，門外竟然站著灰龍丞相、黃龍外交大臣和幾位龍族的重臣。

黃龍外交大臣向格蘭蒂納躬身行禮：「精靈王子殿下，我們不得不冒昧地提出一個無禮的請求，請您立刻離開龍界。」

紫在格蘭蒂納之前開口說：「事實上，王子已經打算離開，他向我辭行了。」

幾位龍族大臣都露出如釋重負的表情。

灰龍丞相的口氣稍微溫和了一些：「王子，並不是我們龍族不講道理，但從你來了之後，龍界一直發生一些奇怪的事情，連天氣都開始異常。我們想，可能是護佑著龍族的先王英靈以及沉睡中的林洛陛下依然無法原諒精靈族曾做過的事情，做出示警。精靈族與龍族的友情，還需日久天長慢慢培養。」

格蘭蒂納頷首回禮：「我能理解，感謝龍族這兩天的款待，希望龍族和精靈族日後能夠有更多友好接觸。」

灰龍丞相摸了摸鬍鬚：「我們也感謝王子的通情達理，那麼王子，由我送你出龍界吧。」

紫抬手制止他：「還是由我來送。」

他抬起手隨意一劃，空氣中裂開一個圓，一步跨過去，是一個開闊的廣場，一座碩大的傳送法陣矗立在中央。

格蘭蒂納走到傳送法陣中，懸浮的魔法石與光圈迅速轉動，發出耀目白光。

光芒散去，格蘭蒂納獨自站在一座海島上，一點綠光咻地向他撲來，扎在他懷中，痛哭流涕：「殿下——」

格蘭蒂納拎起拚命往他衣襟上蹭眼淚鼻涕的毛毛蟲：「我進入龍界後，發現你不見了。」

毛毛蟲吸了吸鼻涕：「別提了，殿下，就在小的要跟您一起進去的時候，居然被直接從包袱裡拉了出來，小的當時就暈了，等到醒來的時候，就在這裡了。這座島上的鳥，居然想把小的當食物，小的眞是九死一生啊！唔？小龍王沒有和殿下一起？」

格蘭蒂納說：「他回家了。」

毛毛蟲扭動了一下：「那怎麼辦呢，殿下。小龍王挺能打的，要是加上他，您就不怕那個魅王了。要不要小的替您傳信，讓哈里或路亞大人來幫您？」

格蘭蒂納拒絕了他的提議：「不用了，只有你和我，應該沒什麼問題。」

毛毛蟲的臉上浮起紅暈：「殿下這麼說，小的眞榮幸，小的一定會拚命爲殿下效勞，肝腦塗地也在所不惜！沒有小龍王也好，這樣殿下就不用分出寶藏了。」

格蘭蒂納搖頭：「還是要分。」

他不等毛毛蟲繼續囉唆地詢問爲什麼，便把對方塞進了皮囊，取出羅盤和定位地圖確定方向，唸動大飛行術的咒文。

銀白色的光輝在他腳下變成了一塊飛毯，托起他飛向正東方。

傍晚，格蘭蒂納在一座荒涼的小島上停下，身後有一股靈氣一閃而過。

「精靈王子，能否借一步說話？」

格蘭蒂納環視四周，周圍至少十幾里之內，再沒有其他靈力的跡象，但剛才那個聲音的主人仍然謹愼地隱藏著。

格蘭蒂納收起打火石，走到大塊岩石後，抬手在空中畫了一個圓，燦爛光芒形成一個透明屏障，將這一方地面反扣在內。

格蘭蒂納身邊的空氣像水波一樣動了動，逐漸現出一頭龍的輪廓。

「王子殿下，我是龍宮侍衛長拉科。」

這頭龍的個頭比一般龍小一些，表皮是墨綠色的，格蘭蒂納問：「翡琉和翡璃是您的……」

龍瞇起眼：「是我的兩個孩子，殿下，看來您在龍界見過他們。我負責收集情報，一直待在外面，丞相託我向殿下致歉，並想問您一件事情。」

龍搧搧翅膀，變成一個瘦小精幹的中年男子。

「殿下，您和肯肯殿下，是不是拿到了當年炙炎陛下贈送給暮色騎士的項鍊？」

格蘭蒂納點頭：「是的，你們的紫大人知道這件事，我以為整個龍族都知道了。鑰匙現在我這裡，如果找到寶藏……」

拉科打斷他的話：「寶藏什麼的無關緊要，殿下，我想問的是，昨天，天氣反常的時候，那把鑰匙有沒有什麼特別反應？如果有的話，請殿下最近多加小心。」

格蘭蒂納微微皺起眉。

拉科不安地再向四周看了看，聲音更低了一些：「我不便和您說太多，總之，這把鑰匙並不是什麼好東西。本來……不應該和您說這件事，但，想必您也發現我們龍族的反常了吧。龍的壽命很長，可，自炙炎陛下之後的每代龍王，都在位一百年左右就失蹤了，我們不希望這種事再在阿詩曼陛下和肯特洛爾殿下這裡上演。」

拉科從懷中掏出一本皮革封面的本子，遞給格蘭蒂納。

「我祖父里維曾是炙炎陛下的貼身侍衛，這是他留下的日記。請看看吧，希望您千萬保重。」

拉科的身體再度變得透明，格蘭蒂納把本子塞進行囊，收起罩壁，等龍的氣息徹底消失，他才走進一個山洞，生起火堆，取出本子，隨手翻開。

本子內頁的紙張是特製的，不怕撕扯和浸水，但仍有些磨損了，上面的字跡還很清晰。

紅炎一百三十五年雪月八日，陰

今天，吾王在帳中和精靈王、矮人王喝酒，我有幸也在酒席中。喝到很痛快的時候，吾王敞開外衣，矮人王立刻直了眼：「天哪！」他盯著王的胸前，眼神像要挖掉王的肉一樣。

「炙炎，這把鑰匙，你從哪裡得到的？」

「你說這個吊墜？」吾王回答。「是我幾年前在一個山谷裡撿到的，難道是你們族中的工匠做的東西？」

「我們族中的工匠？」矮人王怪叫一聲。「炙炎，你不會眞的不知道它是什麼吧，世界上哪有一個工匠能打造出這把鑰匙。它就是那把農神之匙！」

王大笑起來：「農神？就是據說創造了世界，又拋棄了你們，即使現在你們水深火熱也不管不顧的所謂神中的一個？唔，他的鑰匙，是用來開穀倉還是麥倉的？」

矮人王的腦袋用力地搖著：「不，炙炎，這不是開玩笑，它是那把能打開農神寶藏的鑰匙。我們族中曾經有它的圖譜！農神把他所有財富都放在那裡，拿到這把鑰匙，就能得到地圖！」

精靈王說：「關於農神寶藏的來歷，我知道得很詳細，但我沒見過那把鑰匙，不能判斷是否是眞的……」

王依然不相信，哈哈笑著：「好吧，如果找到了寶藏，我們就把它換成美酒，全部喝掉！」這時候，我實在忍不住要去方便一下了，直接用了個法術，從帳篷中穿了出去。

在到了外面的刹那，我看到某個人，他離帳篷非常近地站在那裡，一定能聽到裡面所有談話。

看到我的時候，他仍神色自若：「里維，炙炎在裡面嗎，我有要緊的事情找他。」

我和他說：「您應該聽到王的說話聲了，紫大人，王當然在裡面。」

他向我笑了笑：「多謝你了，里維。」

這一刻，我幾乎能百分之百地斷定，他絕不是好人……

次日清晨，格蘭蒂納給水袋裝滿了淡水，繼續前行。

大約走了兩個鐘頭，晴朗的天空突然在一秒內覆滿黑雲，恍若午夜，雲層中隱隱響起悶雷聲。

昨天在日記中讀到的一些話浮現在格蘭蒂納腦海。

紅炎一百三十五年雪月十六日，雷雨

最近天氣越來越奇怪了。

這是一年中最冷的時候，該下雪，天卻突然變得和夏天一樣熱，還下起和夏天一樣的雷陣雨。

可能是因爲世間氣息的紊亂造成了氣候的反常吧。

自從矮人王說了那把鑰匙是寶物，自從這件事被那個人聽到之後，天氣就變成了這樣。

難道是……

難道……

一道雪亮的閃電劃破黑暗，一個人影出現在虛空中。

5 逼婚

紅炎一百三十八年風月九日，晴

那個人突然提出要離開。

吾王盛情挽留他。估計站在旁邊的比夫、實卡幾個都和我一樣，在心裡吶喊著：快走吧！

喔，他還眞的走了。

臨走之前還跟我們一一道別，他對我說：「你要保重身體，里維。」

我說：「我一直很注意體重的，紫大人，您也要一路順風哪。」

講到說俏皮話，龍族裡還沒幾個人能說得過我。

最後，他親吻了暮色騎士的手，當著王的面。如果他敢用這種油膩的態度對待我的婆娘，我一定一爪子拍扁他的頭！

比夫對我說：「里維叔叔，你眞是老而彌堅，越老越暴躁。」

我也反省了一下自己。

嗯，總之，他走了，這是一件值得高興的事！

但願他一輩子都不要再出現了，雖然我覺得，不可能。

傍晚，肯肯一覺醒來，發現格蘭蒂納居然不見了。書房、廚房整理得乾乾淨淨，地板和牆壁閃著光，能照出影子。書房裡，格蘭蒂納臨時鋪的那張床也沒有了。

肯肯轉回臥室，這才發現格蘭蒂納留下的契約金環，在拿起金環的刹那，他手上的契約環主動脫落，與格蘭蒂納的金環融成一體，化作那張他簽下的契約紙，從他和格蘭蒂納簽名的位置燃燒起來，眨眼燒得一乾二淨。

肯肯立刻猜到事情不對，忙向洞穴外奔去，打開大門，翡琉和翡璃卻都在門口。

翡璃一把抓住他大吼：「你怎麼跑出來了！剛蛻完皮不能曬太陽！」

翡琉看見肯肯反手抓住了妹妹的手，不禁露出微笑。但嘴角還沒完全揚起，又聽見肯肯急切地問：「妳看見格蘭蒂納了沒？」

翡璃猶豫了一下，吞吞吐吐說：「精靈走了，一半算是他自己要走的，一半算被趕走的。」

翡琉冷冷地說：「是他自己主動向紫大人提出離開的。」

翡璃立刻接著說：「但，丞相他們對他說龍界不歡迎他了。」

肯肯鬆開翡璃的手，直衝到山下，在傳送廣場上，肯肯遙遙看見了幾個身影，有因察和紫。

紫察覺到肯肯的氣息，回身：「太胡鬧了，你尚未度過虛弱期，要在洞中休養。」

肯肯握起拳頭：「我……」

紫截斷他的話：「那位精靈王子是我送走的，他的舅舅害了你的父親，精靈與龍族因此產生摩擦，你身爲王位繼承人，要站在本族的立場考慮事情。」

肯肯硬聲說：「龍王是母親。繼承者，是最強的龍，靠選拔。」

紫有些無奈：「那你就算是繼承人預備者的第一位吧，也不能處事不從大局著想。」

肯肯說：「我要遵守的諾言，與大局無關。龍，要守信。」

紫反駁：「一開始，就是他設局欺騙，現在，鑰匙依然在他那裡，你已完全守信。」

肯肯搖頭：「我和他一起尋寶，答應了，就要做到。」

因察打了個哈哈：「好吧，殿下，就算你要遵守諾言，現在你的身體也不允許。請先回洞穴休息，養好身體再說，行嗎？」

肯肯沉默著。

他換皮之後，身量已經高了些許，以往微微俯視他的紫，現在已要平視他的雙眼。

「因察大人說的對，先回去休養，等身體徹底恢復再說。」

肯肯與紫對視了片刻，點點頭：「好吧。」

紫親自將他送回洞穴，因察丞相等官員都鬆了一口氣。

夜半，肯肯泡進溫泉，頂著一塊毛巾，閉目打瞌睡，牆壁上傳來輕輕的叩擊聲，肯肯抬起尾巴，在池沿上拍打了一下，石壁上露出通往龍宮的洞口，紫從中走了出來。

他仔細地看了看池水中的肯肯，欣慰地笑了，黑龍新換上的皮膚已差不多變成了黝黑色，被熱水浸泡過，亮閃閃的。

「最多再等三天，你的第二次換皮就可以順利結束了。」

紫放下手中的提籃，拿出烤前腿肉和飲料放在池邊。

肯肯取下頭頂的毛巾，擦擦臉，叼起一塊肉吞下，抬眼看著紫：「三天之後，我要去找格蘭蒂納，至少和他解釋一下。」

紫嘆了一口氣：「二次換皮之後，你已經正式成年，龍族之中，除了女王之外，沒有誰能左右你的行動，所以，你做什麼都可以。」

肯肯垂下眼，再叼起一塊肉，嗯了一聲。

紫摸摸他的頭頂：「龍宮裡還有事沒做完，我先走了，別在溫泉中泡太久，一個小時之後，記得上來。」

肯肯又嗯了一聲。

紫離開了，肯肯吃完所有前腿肉，把頭扎進溫泉中，激起高高的水花，水池裡龐大的黑龍不見了，一個鴿子蛋大小的黑球搧著翅膀，從尚未落下的水幕中穿過，水包裹在他身上，形成一層嚴密的護罩。

裹著水罩的黑球靈巧地穿出了房間，洞穴石門瞬間開闔，黑球從縫隙中閃出，飛入濃濃夜色。

傳送廣場上，幾隻龍衛盤旋巡視，在他們轉身的剎那，黑球飛快地自他們身邊掠過，一頭扎進了傳送法陣的光暈。

那光暈極快地閃爍了一下，一隻龍衛似有所察地猛回過頭，傳送法陣安靜地矗立著，沒有任何異常。

天亮了，越來越強烈的陽光蒸發了黑球身上的水罩，他飛行的速度漸漸開始慢下來。

剛換的皮在陽光炙烤下火辣辣地痛，翅膀提不上力氣，肯肯喘了口氣，向下方一個小島扎去。

他到島上的淡水潭邊迅速喝飽了水，勉強化成人形，摘了些枝葉編了個簡陋的帽子，在水中浸濕，準備頂在頭上，背後的樹叢沙沙作響，一個聲音說：「到此為止吧，殿下。」

肯肯轉過身，翡琉站在離他幾步遠的樹下。

「殿下，你現在的身體不適合外出，請回龍界吧。」

肯肯搖頭拒絕：「我不會回去。」

翡琉的面容在樹葉陰影中曖昧不清：「蛻完皮之後的幾天是龍極度虛弱的時候，即使殿下以前比我強了很多，現在也不是我的對手。」

肯肯說：「那我也不會回去。」

翡琉幽幽地看著他，忽然抽出腰間的佩劍，架在肯肯脖子上。

「你不肯回去也行，殿下，只要你答應娶翡璃做新娘，我現在就放了你。」

□

驚雷炸開，狂風捲起千丈海浪，格蘭蒂納對面的人卻連髮絲都一動未動。

「格蘭蒂納殿下，怎麼只剩下了你自己？看來，命運中，還是你我會成為旅伴。」

格蘭蒂納也同樣一動不動地站在半空中：「原來魅王閣下也會相信命運。」

魅王悠然道：「命運與神相關，神與寶藏相關，為了寶藏，我可以暫時相信命運。你知道寶藏的所在之地，但寶藏所在地的周圍，最好的羅盤也無法辨別方向，我卻能找到正確的路，你說我們是不是最好的搭檔？」

格蘭蒂納笑了笑：「閣下言之有理。」

□

薄劍的劍刃，在陽光下閃著寒光。

這是龍族中最輕巧的長劍，因爲從小體弱多病，太重的劍翡琉無法使用。而翡璃卻能不費吹灰之力地扛起龍界最重的大錘，橫掃千軍。

翡琉額頭滲出了細細的汗珠，這是他第一次把利器架上別人的脖子，他踮起腳尖，努力維持著手臂的穩健。

「殿下，從小到大，你和翡璃的感情一直很好，她才是你最合適的配偶。」

肯肯垂下眼皮看他，神色肅然：「翡璃是我的好朋友，但我不想娶她做媳婦。」

翡琉額角暴起青筋，血紅的雙眼緊盯著肯肯：「爲什麼!?我妹妹除了性別是雌的之外，哪裡不爺們!?」

肯肯堅定地回答：「翡璃很好，可我喜歡其他類型的媳婦。」

美麗的、頭髮長長的、溫柔的、體貼的、很會做飯的，可以在寒冷的冬天和她一起依偎在被窩裡的，可愛的媳婦！

翡琉的手顫了一下：「我妹妹也可以很溫柔，她還可以……」一道陰影突然出現在他頭頂，他尚未來得及回頭看，後頸便一痲，眼前驟然一黑。

哐啷，長劍跟著倒下的翡琉一起跌落在地，翡璃向肯肯低下頭：「對不起。」

肯肯正要開口，翡璃搶在他之前飛快地說：「對不起，你別把我哥的話當眞，他是怕我嫁不出去。從小到大，只有你和我關係很好，所以……其實，我也不喜歡你。」

她閉上眼，聽見肯肯說：「我懂的。」

眼睛有點酸澀，她吸吸氣，笑起來：「我就知道你肯定瞭解我啦，我、我喜歡的也不是你這種類型的啊……對了，你趕緊走吧，我猜到哥哥要做的事與你有關，跟著他過來的，如果他在一段時間內沒傳消息回去，長老們一定會組團來抓你。這個，是可以遮蔽陽光的斗篷，你趕緊穿上吧。」

肯肯接過斗篷，道了聲謝，翡璃站在原地，看著他的背影。

斗篷的肩膀那裡縫綴了、下襬歪了，縫了一夜還是很醜。所以，有些事，眞的不能勉強。

她抬袖胡亂地擦擦臉，把昏倒的哥哥塞進布袋，扛在肩上，變回龍形。

一旁的水潭映出綠油油壯壯的龍影，一點也不好看。

她扛著哥哥，展開翅膀，向著龍界的方向飛去，憶起她和肯肯第一次見面的情形。

那是上學第一天，哥哥傷風病倒了，只有她獨自到學校。那時的她又小又胖，幾乎看不到爪子，所有的小龍都圍著她跳：「毛毛蟲！龍校裡來了一條毛毛蟲！」

她又氣又恨，狠狠地撲上前，和那幾條小龍打了起來。

正打到不可開交時，一個黑影擋在她面前，一翅膀搧開了幾隻小龍：「幾個打一個，是最可恥的行徑！再說了，她也不是毛毛蟲。」

幾隻小龍縮縮脖子，一哄而散。

她感激地抬頭看那隻幫她解圍的小黑龍。

他的胸脯在陽光下挺出優美的弧線，搧動的鼻孔帥而堅毅。

那一刻，她的心跳得很快。

她從包包裡取出裝著午飯的餐盒，訥訥地說：「這裡有我爸爸親手做的香腸，你吃嗎？謝謝你幫我……還有，你說我不是毛毛蟲。」

小黑龍打開飯盒，抓起一截香腸塞進嘴裡，嚴肅地含糊說：「不用客氣，毛毛蟲身上有毛，你沒有，所以我知道，你是菜青蟲吧。」

……

翡璃回憶著往事，有些想笑，臉上濕涼的液體卻越來越多。

□

再浩瀚的海也有盡頭，但這片海的盡頭不是地平線，而是霧。

迷茫的霧氣中沒有方向，隔離了時間，仿若世界盡頭的屏障，阻隔不知輕重的旅人探尋世界之外的所在。

格蘭蒂納在濃霧中停下：「神使芙蓮達的提示和鑰匙顯示的標註只到這裡，走過這片迷霧，應該就是寶藏的所在，但我不知道哪個方向是正確的。」

魅王取出一個盒子，打開，幾條紅色的魚躍了出來。

牠們躍到霧中開始游弋，如同這霧氣是水一樣。

魅王袖手看著牠們搖頭擺尾地盤旋：「格蘭蒂納，你和我結盟絕對是正確的。常有人類來和我們魅族交易，用他們最寶貴的東西換取某些願望實現，連自己的靈魂也會獻上，這些魚以執著的靈魂為食物，是最好的引路工具。」

一條紅色的魚尾翼動了動，掉轉頭，向著某個方向游去，其他魚盤旋片刻之後，一條接一條地隨之前行。

魅王一甩衣袖：「走吧。」

魚飛快地游弋，兩、三個鐘頭之後，霧氣越來越薄，前方隱約出現了景物的輪廓。

魚群游到薄霧邊緣，撲騰著向下摔，魅王打開盒子，盒中飛出一道灰光，吸回魚群。

魅王把盒子塞進懷中，與格蘭蒂納同時衝出迷霧。

眼前是一片荒涼的山谷，藤蔓纏繞的巨樹下站著一個人。

格蘭蒂納向他頷首致意：「紫大人。」

紫淡然地看著他：「你來了。」

6 遠離

紅炎一百四十年雷月二十一日，晴

今天，吾王駕崩了。

我不知該做什麼，也不知道該寫什麼。

我只想對吾王說，你違反了龍的諾言。

你明明答應過老里維，你會把他埋在勇士的墓地裡，你會親手在他的墓碑刻上：里維，最忠誠的龍，最英勇的戰士。

你明明保證過，會照顧我的婆娘，讓她有吃有喝，如果她想改嫁，就替她找個好伴。

王，可是你爲什麼，比老里維走得還快？

我的肋骨下又開始疼了。王，有六根長矛將我穿胸而過，醫生說，我依然能再活一個多月哪。

爲什麼，你突然先走了？等見面的時候，我一定要好好問問你。

肯肯奮力向前飛著，按照格蘭蒂納給他看的地圖標識，這個方向應該沒錯。

海面平靜，碧空無雲。

他的翅膀越來越有力氣，被太陽烘烤的疼痛也越來越小。

奇怪的是，明明已經飛了很久，天卻一直亮著。太陽一直掛在東方的位置，好像時間永遠停在早上。

肯肯瞇起眼，打量著太陽，就在這時，視線盡頭飛來了一隻蝴蝶。

七彩斑斕的蝴蝶周身籠著柔柔的光暈，搧著薄紗般的雙翼，抖動額頭的觸角：「小龍王，你不認得我了？」

肯肯打量了一下他：「你是，格蘭蒂納的毛毛蟲。」

蝴蝶咻咻笑起來：「你終於認出來了，小龍王。格蘭蒂納殿下讓我在這等你，他就在前面。」

肯肯抬頭凝視前方。

蝴蝶輕搧翅膀：「來呀，快。」引著肯肯飛到一大片迷霧前，就在蝴蝶翅膀觸碰到霧氣的剎那，白霧像爆裂的煙花一樣崩開。白色顆粒如粉塵，卻沒有實體，觸碰到身體上也沒有任何感覺。

爆裂的霧氣消亡時，肯肯看到了格蘭蒂納……和紫。

格蘭蒂納手中舉著的鑰匙放出紅色光芒，刺穿了紫的左胸。

紫的身體一點一點變得透明，紅色光芒漸漸變成紫色，收進鑰匙鑲嵌的寶石中。

原本紅色的寶石，漸漸變成紫色……

肯肯耳朵嗡嗡作響，眼前的景物有些模糊，他聽見了自己的吼聲，猛地向前撲去。

他的手，從紫越來越透明的身體中穿過，紫好像在對他笑，抬手想觸碰他的額頭，卻在將要觸碰到的時候徹底消失，化作虛無。

肯肯狂亂地抓撓著空氣，企圖抓住什麼，龍嘯聲驚天動地。

許久許久之後，他終於停了下來，定定地站著。格蘭蒂納的聲音似乎從很遠很遠的地方傳來：「肯肯，紫大人他……」

肯肯面無表情地轉目看向精靈：「你是否要告訴我，紫和鑰匙有關？」

他沒從格蘭蒂納的聲音裡，聽到絲毫愧疚。

「肯肯，紫是鑰匙的護靈，當年紅龍王陛下得到了這把鑰匙，所以……」

肯肯嫌惡地後退一步，虛僞的精靈、虛僞的聲音，令他作嘔。

「滾！」

格蘭蒂納停止了說話，神情令肯肯想要將他撕碎。

肯肯瞇起雙眼：「格蘭蒂納·阿法迪，你殺死了龍族最重要的人，我不會在今天就輕易地殺掉你。龍族的戰書將下到精靈族，我以肯特洛爾·炎的眞名發誓，你將嘗到龍族最嚴酷的刑罰，龍會用最隆重的儀式，將你的血作爲對逝者的祭奠！」

格蘭蒂納的神色依然沒有改變，聲音也還是那樣淡然：「我等待著肯特洛爾殿下正式的復仇，我亦會給肯特洛爾殿下一個交代。但希望只針對我，不要牽連到整個精靈族。」

黑龍張開翅膀，衝上雲霄。

天空，已改變了顏色。

龍很少作夢，除非在很特別的時候。

那天，肯肯作了一個夢。

夢裡，他進入了寶藏所在之處，寶藏中沒有財寶。打開寶藏大門的，只有他自己。

第六章

詩歌裡的神殿

1 狄菲婭

黑龍沒入碧空，不見蹤跡。

毛毛蟲從皮囊中拱出腦袋：「殿下，您爲什麼不解釋？小龍王眞狠，居然不問前因後果就要殺掉殿下。他和您相處那麼久，應該瞭解您才是，這件事明明與殿下無關……」

格蘭蒂納淡然地說：「世間的生物，大都會相信自己眼睛所見的，再說若非我想尋寶，紫大人的確不會消失。」

他從地上撿起一條項鍊，這是紫遺留的唯一東西。項鍊鍊子是一條樸素皮繩，掛著一枚龍牙。格蘭蒂納知道，龍族會把換下的牙齒贈給摯友作爲友情的見證。他解開皮繩，把鑰匙也掛了上去，龍牙碰到鑰匙的一刻，寶石上的紫光似乎閃爍了一下。格蘭蒂納將它們托在掌心，回想起紫消失之前的情形。

當時，他和魅王一起穿過濃霧，看見紫站在樹下。

紫對他說：「**你來了。**」

魅王扯開一條虛空裂縫，迅速鑽了進去，格蘭蒂納站著沒動：「**閣下來得好快。**」

里維的日記從格蘭蒂納的行囊裡飛出，落入紫手中，他翻了翻。

「**想來是拉科送給你的。里維是拉科的祖父，炙炎很尊敬他……**」他闔上日記，把它丟還給格蘭蒂納。「幾百年前，我對炙炎做過一個承諾，我想那承諾已經完成了。」

格蘭蒂納接住日記：「紫大人爲什麼不試著解開與龍族的誤會？」他無法忘記蘊藏在紅龍王墓碑刻字中，淺淡又刻骨的悲傷。

那悲傷此時亦在紫的眼中：「因爲我必須保守寶藏的祕密，除了炙炎，無人有資格知曉。但是現在，你也有。應該說，你比炙炎更有資格。」

格蘭蒂納不解：「爲什麼？」

紫的神色有些複雜：「只有被我承認的人，才擁有資格。」

格蘭蒂納嘆了口氣：「在雷雨那晚，我已隱約猜到紫大人與寶藏的鑰匙有些關係，您是……」

「我是鑰匙的器靈，亦是寶藏的守護者，秉承主人約蘭的意志留在世間，尋找有資格打開寶藏之人。八百多年前，我找到了炙炎，因爲他是龍族中最強的王。」

紫苦心安排了機會，讓鑰匙被紅龍王發現，又假裝偶然邂逅，與紅龍王成了朋友。可惜他無法掌控個性奔放的龍，紅龍王對寶藏完全不感興趣，一來二去，他反倒與紅龍王成爲了好友。之後的暮色戰爭，紫又留意到了漢娜。

「漢娜與炙炎是天生的一對，炙炎有強大的能力，但個性太過不羈，漢娜的冷靜和聰明恰好能和他形成互補，他們合在一起，是最合適的人選。可惜……」紫苦笑了一聲。「大概是因爲我對漢娜關注太多，使得那些原本懷疑我的龍更加懷疑，我索性以退爲進，離開了龍族。」

紫打算等到戰爭結束，再試圖勸說炙炎與漢娜一起尋寶，卻沒想到，戰爭結束後，漢娜與炙炎雙雙離世。

「縱使我擁有主人所賦予的神力，也無法救炙炎，因爲漢娜死後，他的心也跟著死了。他對我說，希望龍族能夠和平安穩，不要再有戰爭出現。他弟弟和之後的小龍們可能比他還暴躁、還衝動，讓他實在放心不下。我答應他會盡我所能幫他守著龍界，但以我的能力，也只能守到現在。」

鑰匙自動從格蘭蒂納懷中飛出，浮到半空，紫的周身暈出紫色的光暈，與鑰匙的光芒交匯。

「我一直待在龍界，八百年來，只有肯特洛爾擁有可以與炙炎抗衡的力量。但我想，或許炙炎不願意看到他的後輩去冒險，亦或許是我對這世間有了依戀，需要個藉口多停留片刻，就一直在猶豫，沒想到你會出現。」

鑰匙的光芒越來越盛，紫的身形開始變得模糊，格蘭蒂納試圖阻止：「爲什麼是我，寶藏到底是什麼？」

「……難道你母親沒有告訴你，你父親是誰？」鑰匙的光束穿過了紫的身體，他整個人已變得透明。「你很像你的父親，我……」

「你很像你的父親。」

細風捲著低沉的聲音，縈繞在耳邊。

格蘭蒂納看了看鑰匙上變成深紫色的寶石。寶石中流轉著一枚符文，典籍的記載說，這是農神的符文。

格蘭蒂納低聲說：「抱歉，我對那個和我母親相處了一個月就拋下她再也沒消息的人渣到底是誰沒有絲毫興趣，我只想拿到寶藏。」

他把鑰匙收進懷中，隱有不安。

在所有傳說和祕密記載中，這個寶藏都是屬於農神約靈的，但寶藏鑰匙的器靈紫，卻稱山林之神約蘭為主人。

毛毛蟲小心翼翼地插話：「殿下，小的總覺得這件事有古怪，您還要繼續尋寶嗎？」

「當然。」格蘭蒂納點點頭。「再說，魅王閣下還在等著我，就算我想放棄，恐怕也很難。」

他的話音剛落，旁邊的空氣就打開了一條縫，魅王笑吟吟地從縫隙中邁出：「殿下果然深知我心，已走到了這一步，放棄的話，太對不起那位紫大人。還有，萬一王子將來眞被小龍王手刃，沒看過寶藏豈不是虧了？」

□

肯肯搧動著翅膀，木然地飛著。

天上的雲層不動，下方的海波靜止，任他飛了半天，也無絲毫變化。

但，肯肯已看不到這詭異的情形，只是一徑地飛飛飛，他一頭扎進海裡，再高高衝起，內心的憤怒與恨意越來越膨脹，越來越熱烈。他昂頭長嘯，噴出火焰，幾乎要把天地燒盡。

前方的雲中忽然傳來「哎呀」一聲。

半空中，竟出現了一名少女。她坐在雲上，海浪般的長髮披到腳邊，睜大冰藍色的雙眼，神色裡帶著恐懼：「你、你是什麼怪物……想吃了我嗎？」

肯肯頓住，他現在不想理任何人，即使這是個女孩子。

少女從脖子上取下一條項鍊：「怪物，請不要吃掉我，我可以把這個送給你。」

肯肯沙啞地開口：「我不是怪物，我是龍。我不會吃妳。」

他繼續向前飛，雲上的女孩怯怯站了起來，向他的背影喊：「龍先生，你能不能告訴我，怎麼才能從這裡走出去？我想找人，可是迷路了。」

肯肯猶豫了一下，終於還是回過頭，飛到那女孩面前，在離她兩、三公尺遠的地方停下。

少女穿著一件繡著精美花紋的深藍色長裙，領口和袖口鑲著寬闊的縐褶荷葉邊，衣釦的樣式亦很別緻，裙襬自然垂落，半遮住精緻的軟鞋，好像人族的油畫中，那些古時候的貴族女子。陽光照在她身上，卻照不出她的影子，她如同輕盈的泡沫般浮在雲上。

肯肯瞇起灼熱的雙眼：「妳是找不到歸處的幽靈？」

少女茫然：「我是人！我想找一個很重要的人，不知為何就來到這裡，我找不到出去的路了。這裡好奇怪，你能不能帶我出去？我、我可以送給你這條項鍊，還有我的手鐲，我的耳墜……」

肯肯端詳著少女，她顯然已經不是人了，可她自己還沒發覺。他向前湊了湊：「妳上來吧，我揹妳。」

少女猶豫了一下，提起裙襬，跳到他的背上。

肯肯再問：「妳要去哪裡？找什麼人？」

少女細聲說：「我要找的人是我家的園丁，有人告訴我，只要一直向東走，就能找到他。」

東？肯肯轉頭望著那個方向，沸騰的恨意在血液中翻湧。

少女在顛簸中驚懼地揪住他頸處：「你怎麼了……」

肯肯喑啞地回答：「沒什麼，我只能把妳送到陸地那裡，接著妳就自己走吧。」

他不能保證再次見到格蘭蒂納會做出什麼舉動，他想趕緊離開這個地方，不論是紫的死訊，還是之後的復仇，都須要他盡快回到龍界。

少女感激地道謝，在他背上坐穩。

肯肯馱著少女向東方飛去，脊背上的感覺讓他無法避免地想起格蘭蒂納，被千萬隻蟲子噬咬般的痛苦讓他咬緊牙關。陸地的輪廓出現了，肯肯在陸地最邊緣處著陸，將少女放下，看也不看四周，毫無感情地說：「再見。」

少女提起裙子向他行禮：「多謝您，龍先生，對了，請問您叫什麼名字？我叫狄菲婭・馮・蘇隆，若有機會我會報答您……」

肯肯不等她的話說完，便騰身而起，掀起的氣浪讓狄菲婭不由自主地後退，突然，她踉蹌了下，一腳踏空，跌進一個沙坑。

肯肯在空中聽到了狄菲婭的驚呼，僵硬地停頓了一瞬，又折轉身在沙坑邊落下，化成人形，伸出手：「上來。」

狄菲婭握住肯肯的手，爬出沙坑。她的手纖細而柔軟，帶著溫度，不像普通的幽靈那樣冰冷。站穩後，她急急地縮回手，臉上浮起淡淡的紅暈：「謝謝您，龍先生。」

肯肯面無表情地說：「不用謝。」他發現自己人形的樣子好像比以前高了，頭髮也長了，有些礙事地垂在袖子上，幻化成的衣服竟是法袍的樣式，而非以前那種簡單的衣褲。

肯肯抬起胳膊，歪著頭打量了一下，這大概是換皮之後帶來的變化。

狄菲婭小心翼翼地問：「龍先生，難道您很少變成人嗎？」

肯肯隨意嗯了一聲，舉目四望。這裡與他剛才來時完全不同，他明明是按照原路折返的。

四周的薄霧忽然消失，空氣扭曲起來，擠壓著他們的身體。肯肯運起法力，扯過狄菲婭護在手臂中，眨眼間，空氣又恢復了正常。

肯肯放開狄菲婭，發現海岸線竟然消失了，他和狄菲婭正處於一片寬闊的空地中。綠草像短絨的地氈覆蓋在大地上，盛夏天氣竟變成了初春，老樹乍吐新芽，野藤才開細花。

狄菲婭欣喜地笑起來：「對了，就是這裡！那人給我看過要找的地方的樣子，和這裡一模一樣！」

她提著裙子，向前跑了幾步，大聲喊：「約靈，你在嗎？約靈，你是不是在這裡？」

□

模糊的聲音從遠方傳來，似有少女在呼喚——「約靈……約靈……」

格蘭蒂納不禁駐足。

魅王說：「這是那個拋棄了農神的人族少女吧。據說，她拒絕了農神的求愛，卻發現山林之神不會愛上她，又後悔了。可是農神已經離開，她化成了一個永遠無法升天的幽靈，徘徊在各處，呼喚農神的名字。」

格蘭蒂納不予置評，舉步向前。

魅王繼續說：「對了，你有沒有發現，從剛才到現在，我們都在一個地方繞圈？」

格蘭蒂納僵了僵，魅王輕笑：「你似乎一直在走神，是因爲龍嗎？不必在意。你我聯手，對付那條剛換完皮的小龍還是不成問題的，龍不過空有力氣，沒有頭腦。」

格蘭蒂納淡淡地說：「魅王閣下細緻入微的觀察力令我欽佩。」

魅王呵呵地笑起來：「多謝，多謝。其實魅族一直希望和其他幾族建立友好的情誼，尤其我們與精靈族，據說推溯起來，還算同宗。當年的暮色戰爭，我們亦出過不少力，可是其他幾族卻總像排斥魔族那樣排斥我們，讓我們感覺很冤啊。」

這個世界的幾大種族中，只有魅族的來歷比較飄忽，官方的史料一般說他們是從暗夜魅物直接演化而來。也有野史說是很久之前精靈與魔族結合而生下的混血。

暮色戰爭中，魅族提供了不少有用的情報，不過，他們也沒少收錢。至於他們有沒有同樣賣情報給魔族，因魔族差不多被滅光了，已無法查證。

暮色戰爭後，魅族才正式得到了其他幾族認可，被劃進「非敵人」的範疇。但他們行事依然不正，其他幾族依然很少與他們來往。

尤其精靈。

格蘭蒂納笑了笑：「對魅族的生意頭腦和情報的準確，我們一族一向都很欽佩，也希望能與魅族無芥蒂、無算計地友好相處。」

魅王立刻說：「正因爲像你我一樣熱愛和平者佔了大多數，世界才能如此和諧。」

格蘭蒂納引開話題：「這裡好像是個陣法，我們被圈在了其中。」

魅王稱讚道：「王子眞是淵博，看出了我們被困的關鍵，那麼有沒有破解的方法？」

格蘭蒂納微微揚眉：「難道魅王閣下不能破解？」

魅王搓搓手：「還是王子先請。」

格蘭蒂納不再客氣，抬手虛畫了幾道，唸誦了一段短短的咒語，空中浮現出幾個金色符文，化成一隻燕子向著某個方向飛去。

飛出約幾百公尺後，燕子在一處灌木叢上盤旋片刻，猛地飛撲向一處，驀然粉碎，金光四濺。

格蘭蒂納再向那個方向丟出一個光球，光球嗤地冒出一股白煙，煙消雲散。

格蘭蒂納有些無奈地轉身：「看來困住我們的壁障就在這裡了，以我的能力無法打碎它，魅王閣下有辦法嗎？」

魅王嘆了口氣：「你都無可奈何，只怕我也無能爲力。」

格蘭蒂納笑了笑：「閣下的空間裂縫法術，說不定正好有用。」

魅王搖頭：「我只能在正常的空間裡製造裂縫，對於法陣之內的幻術空間完全沒有作用。這壁罩根本無法觸碰，要怎麼扯裂？」

格蘭蒂納神色凝重，思索了片刻，打開皮囊。魅王向他的行囊中瞄去，只見格蘭蒂納取出一塊毯子、一只水壺，轉身走到旁邊，把毯子鋪到地上，打開水壺喝了起來。

魅王澀然一笑：「王子好有閒情逸致。」

格蘭蒂納蓋上壺蓋：「壁障無法打破，再走也走不出去，最好先行休息，保存體力。」他又取出一個稍大的水袋，倒了些水洗手，再掏出一條麵包。

魅王咳了一聲，在他旁邊坐下，也解開隨身的布袋，托出一只玻璃瓶：「這是我託人從東方尋到的美食，名叫黃醬，是用黃豆釀製的，將其塗抹在麵包上，鹹香可口，別有風味。」

格蘭蒂納挑起一匙黃醬抹在麵包上，切開一半遞給魅王，嚐了嚐剩下的那半，稱讚說：「果然有一股奇妙的東方味道。」

魅王蓋上醬瓶，接過麵包，遺憾地嘆氣：「東方還有一種神祕的烹飪植物，名叫大蔥，與黃醬最搭配，可惜不方便運輸儲存。如果現在能有一根夾在麵包裡，東方的味道就更濃了。」

格蘭蒂納露出一絲嚮往：「如果有機會去東方，一定要品嚐一下。」

吃完麵包，格蘭蒂納又倒出水洗了洗手，從行囊中抽出了一本書。

魅王假裝不經意地一瞥，書的封皮上印著一行燙金的字——《人族歌謠選集》。

格蘭蒂納拿出一管鵝毛筆，翻開書，聚精會神地閱讀，偶爾提筆在書頁上寫下批註。

魅王收回目光，端坐在草地上，閉目養神。

陽光漸斜，最終消失。

天色暗淡，書上的字已經看不分明。格蘭蒂納收起筆，闔起書，起身拍了拍袍襬。

「啊，不知不覺，竟然天黑了。」魅王睜開雙眼，看著走向灌木叢的格蘭蒂納。「你要去哪裡？」

格蘭蒂納沒回答，彎腰撿起了幾根枯枝。

熊熊的火堆燃起，木柴在火中劈啪作響。

魅王對著火堆，愁眉緊鎖：「難道我們要一直困在此處？」

格蘭蒂納取下烤好的麵包：「如果找不到出去的方法，只能這麼待著。」

魅王溫聲說：「或許有別的辦法？比如，那把鑰匙……是不是能夠破開壁障？」

格蘭蒂納淡然回答：「鑰匙只能開門，別的什麼也做不了。」

魅王哦了一聲，沉默下來。

格蘭蒂納吃完飯，從行囊中抽出一個睡袋，在大樹旁睡下。

魅王坐在火堆旁，跳躍的火光照得他影子搖曳不定，慢慢地，那影子越拉越長，暈出一股黑煙，煙霧隨即消失，影子又恢復了原狀。

也就在這一眨眼工夫，灌木叢上方的空氣裂開了一條縫，漏進一絲光亮，一縷黑煙順著這絲縫隙飛快地鑽了出去，縫隙闔攏，壁障之外竟是明媚的白晝。陽光下，黑煙凝聚成形，化成了魅王。

他轉身看著身後的草地，露出一抹薄笑。

地上赫然放置著一個碩大的玻璃瓶，瓶中充溢著黑煙，好像黑夜；瓶底燃燒著一堆火，格蘭蒂納睡在火堆旁。

魅王彈了彈手指，瓶子開始急劇地縮小，最終縮到不過十幾公分高，彈起飛向魅王。瓶底剛接觸魅王手掌，突然砰地炸開，魅王在無數飛濺的尖銳玻璃顆粒中飄然後退，臉側被劃出幾道血痕。

格蘭蒂納站在他面前的空地上，收起手中的法杖：「天亮得好快。」

魅王微笑抬手拭過臉上的傷痕，皮膚頓時變得完好無損：「是啊，沒想到天竟然這麼快就亮

2 水之幻影

狄菲婭在曠野中忙亂地跑著。

樹叢裡沒有，藤蔓下沒有，曠野中也沒有，哪裡都找不到約靈。

半晌，她氣喘吁吁地停下，肯肯遞給她水袋：「妳要找的人，爲什麼會在這裡？」

狄菲婭頹然坐到草地上：「我也不知道他爲什麼在這裡，那天，他失蹤了，我就來找他……然後……那人告訴我，約靈在這裡……他給我看這裡的情景……」

肯肯皺眉：「那人是誰？」

狄菲婭捂住額頭：「他……我不知道他是誰……但他知道約靈在哪裡……」

肯肯問：「你喜歡約靈？」

狄菲婭慌亂地埋下通紅的臉：「他、他只是我家的園丁而已。」

肯肯在她身邊坐下：「妳出來多久了？」

狄菲婭抓緊裙襬：「大概有十幾天了吧，那人問我，敢不敢來這裡找約靈，我說我願意，他就用馬車把我帶到這邊。那人會巫術，不知怎麼地，我就跑到了雲上面，我很害怕，又迷了路，幸虧遇見了你。」

肯肯環視四周，陽光和煦，春意盎然，看似和平常的郊野沒什麼差別。但，林中沒有鳥啼，草間聽不到蟲鳴，一路走來，除了他和狄菲婭之外，什麼動物都沒出現，連一隻螞蟻都沒有。

漂亮的風景如靜止的畫。

休息了片刻，狄菲婭又起身繼續尋找，突然，她雙眼一亮，向一棵纏著藤蔓的樹撲去。

肯肯見她顫手撫摸藤蔓的葉片，便也扯了扯藤蔓：「這有什麼特別？」

狄菲婭喃喃說：「葡萄，這是葡萄藤，約靈他一定在這裡……」她沿著樹的間隙向前快步走，越來越多纏著葡萄藤的樹出現在視野中，開始只是剛發嫩葉的新藤，漸漸地，有了葉片繁茂的藤蔓，四周的溫度也越來越高。狄菲婭額頭滲出了薄汗，前方的一棵大樹上纏繞的葡萄藤開著綠色的小花，裹著樹下的一個物體。

風掀起藤葉，狄菲婭「啊」地尖叫起來。

被藤葉掩蓋的，赫然是一具骷髏，懷中抱著一個長滿青苔的銅箱。

狄菲婭臉色慘白，捂住嘴發出一聲不成調的嗚咽，肯肯上前撥開藤蔓，打量了一下那具骸骨。人類的屍骸，天靈蓋被擊碎，肋骨斷裂，雙手緊抱著銅箱。

肯肯問狄菲婭：「約靈的左手，有幾根手指？」

狄菲婭顫聲回答：「五、五根……」

「不是他，這人是六指。」

狄菲婭鬆了一口氣，癱坐在地。

肯肯拿開骷髏的手，取過銅箱；箱子剛離體，骷髏全身立刻嗤嗤冒出白煙，眨眼變成一堆粉末。

肯肯扯下鎖，打開箱蓋，箱子裡裝滿了金沙和寶石，拳頭大的鑽石在陽光下熠熠生輝。

肯肯哼了一聲，把箱子丟到地上，拋出一團火焰，火中的箱子發出尖厲嘯聲，化成一團猙獰的黑影。

肯肯甩出一道光刃，黑影扭曲地厲號一聲，破碎湮滅。

剛站起身的狄菲婭又險些癱坐下去：「這……這是什麼？」

肯肯從牙縫中吐出一個字：「魔。」

狄菲婭跟著肯肯繼續出發，終於走到了樹林的邊緣。

前方竟是一大片藍水晶般的湖水，折射著粼粼的光，地上全是柔軟的米白色細沙。湖對岸，一座巨大的神廟式建築矗立在烈日下，高大的白色石柱透著寂寥的滄桑。

狄菲婭湧起一股強烈的熟悉感，但她怎麼也想不起來到底在哪裡見到過這座神廟。她恍惚垂下頭，看向腳下毫無雜質的細沙：「爲什麼你有影子，我沒有？」

肯肯回望向她：「不知道。」

狄菲婭的身體漸漸變得透明。

肯肯接著眼神堅定地補充：「可能，因爲，我是龍，妳是人。」

狄菲婭困惑地看著他，又看看四周：「可能吧……這裡，好奇怪。」

肯肯嗯了一聲：「是很奇怪，要小心。」

狄菲婭點點頭，身體又恢復了正常。她用手攏了攏有些凌亂的頭髮，看著前方的湖泊抿了抿嘴唇：「不知道那水，能不能喝。」

肯肯取出水袋遞給她：「最好不要喝。」

水袋中的水已剩得不多，被曬得熱熱的，狄菲婭珍惜地喝了一口，遞還給肯肯：「你也喝一點吧。」

肯肯把水袋掛回腰間：「我不渴。」

狄菲婭一邊走一邊偷偷地打量肯肯，明明穿著很吸熱的黑袍，他竟然一點出汗的跡象都沒有，俊美的面容好像完美的神祇雕像，雖然一路都板著臉，黑色眼睛看似很冷漠，但其實是個很好心的人，啊不，龍。

被曬得滾燙的沙子透過鞋底烘烤著雙腳，碧藍的湖面卻散發著陰陰涼意，誘惑著他們走近。

狄菲婭猶豫地看著遠處的神廟：「我們要不要到那裡去？」

肯肯反問她：「妳想去嗎？」

狄菲婭遲疑了片刻，輕輕點頭。太陽曬得她有些頭暈，她從手腕上解下緞帶，把頭髮盤到頭頂。肯肯帶著她繞過湖泊，待走到近前，方才發現，在遠處看來很宏偉的神廟居然是透明的。

肯肯抬手摸向石柱，手立刻穿了進去，神廟的虛影像水波一樣顫動，眨眼消失無蹤，只剩下一地白沙。

狄菲婭有些失落，情不自禁想靠近散發著涼意的湖水，肯肯擋在她前面，走向湖邊。

湖面平整得如同一塊藍色的玻璃，肯肯把手伸進水中，只感到舒適的涼意，沒有任何異常。平靜的水面忽然泛起漣漪，水面從他攪動的地方開了一道口子，像帷幕那樣緩緩分開，水下出現了一座恢宏的白色神廟。

它和剛才岸上的虛影一模一樣，靜靜地矗立在湖底。

水中忽然有道影子閃過，狄菲婭喊了一聲「約靈」，便不假思索地跳了下去。

肯肯跟著縱身躍入水中，清涼湖水像空氣一樣包裹著他們的身體，即將要接近神廟頂端時，湖水突然消失不見，肯肯張開雙翅，穩住急劇下墜的身體，帶著狄菲婭降落到地面。

他們所站的地方是一片開闊的大理石廣場，前方高大的神廟巍峨肅穆，頭頂一片碧藍，彷彿他們不是在湖底，而是跌進了另一個空間。

腳下的地面震顫，神廟大門緩緩打開，飄出一陣空靈的樂聲。他們身邊出現了很多半透明的影子。她們都綰著高髻，穿著潔白長裙，托著盛滿鮮果的盤子、提著花籃、端著水甕，婀娜地飄向神廟的方向。

狄菲婭詫異地問：「這是怎麼回事？她們是誰？」

提著花籃的少女停下腳步：「你們又是誰呢？遠方的客人，祭典即將開始，請加快腳步。」

狄菲婭茫然地問：「什麼祭典？我來找我家的園丁約靈，妳知道他在哪裡嗎？」

少女淺淺地笑著：「妳家的園丁居然和農神大人同名？這正是農神的祭典，想進入神殿，請跟我來吧……」

狄菲婭神色恍惚，夢遊般跟上了白衣少女們的腳步，她踏上高高的石階，走近莊嚴的大門，白衣少女們在門前停下，站到兩邊，空靈的樂聲變成了歌聲——

讚頌我神，賜我沃土；

讚頌我神，賜我豐饒；
讚頌我神，賜我田園；
得以美酒，祭典頌揚。
我以甘泉，敬獻慈悲；
我以五穀，敬獻仁德；
願將我心，獻予神座；
願將我身，祭奉神光。
光輝莊嚴，齊聲頌揚，
我神恩德，澤被四方！

狄菲婭在歌聲中不由自主地跪在了門前，白衣少女們舉起水甕，往她身上灑下清水，將潔白的花環戴在她頭頂。

她面前出現了一方淺池，水面盛開著兩、三朵亭亭的白花。她探出手從池水中取出一把短劍，閉上雙眼，向自己的咽喉刺去。

一隻有力的手伸來，抓住了狄菲婭的手腕，同時，一個輕靈的聲音說：「從沒有一位神會用活人作祭品。」

狄菲婭猛地睜開眼，便看見一片火光和一道綠光同時劃過眼前的神廟，白衣少女們和恢宏的神廟連同她手中短劍全部消散、崩潰，化成無數色彩詭麗的蝴蝶盤旋飛舞。

肯肯一手緊握著狄菲婭的手，另一隻手中幻化出一把長劍，斬碎面前的蝴蝶。不遠處，一個月光色長髮的男子抬起手，唸誦著她聽不懂的咒文。碧藍天空轟然坍塌，變成冰涼湖水，一個光圈將肯肯、狄菲婭和那個陌生人包裹在內，托起他們穿過傾瀉的水流，飛出湖面，落到平穩的沙地上。

光圈散去，那陌生男子向狄菲婭溫和地笑了笑：「剛剛妳被影魔蠱惑了，現在沒事了吧？」

狄菲婭剛要道謝，手腕一疼，肯肯的手緊緊地箍在她腕上，死死盯住眼前男子，臉色極其可怕。

那人卻像沒在意肯肯的態度似地一徑向狄菲婭繼續微笑著：「這裡是荒廢的地方，經常會出現些詭異的事情，以後要小心了。不打擾二位，我先告辭了。」

他剛轉過身，狄菲婭的手便被重重甩開，肯肯上前一步，冷冷地說：「站住。」

那人停步回身，依然很和氣地問：「閣下還有什麼事？」

肯肯雙眼灼熱，握緊了手中的劍：「不要裝作不認識我，格蘭蒂納。」

那人挑了挑眉：「嗯？黑龍閣下，你認錯人了吧。」

肯肯抬起劍：「騙子精靈，懦夫，你不認識我，怎麼知道我是龍！」

那人輕笑出聲：「閣下身上龍氣沖天，我想看不出來都難。你真的認錯人了，我叫藍，不是什麼格蘭蒂納。而且，我不是精靈，是人類。」

肯肯看著那張熟悉的臉，那雙熟悉的綠眼睛，牙齒咬得格格作響。騙子精靈總是一次又一次地比他想像的更無恥。他的手心聚起雷光，狠狠地向他劈去。

「格蘭蒂納」閃身避開雷電，伸手在空中一抓，一根法杖平空出現，格擋住肯肯刺來的長劍。

這根法杖是一根簡單的長棍，頂端嵌著一顆綠色魔法石，與格蘭蒂納華麗的法杖完全不同。

肯肯按壓住心中躁鬱的情緒，仔細打量眼前這個人，他的確長得和格蘭蒂納一模一樣，但是，他的耳朵不是尖的，聲音和表情也不太相同。

格蘭蒂納只要使用大一些的法術，耳朵就會變回精靈的原形。

在這極近的距離下，這人身上也沒有格蘭蒂納特有的那種淡雅香味，而是另一種清幽的淺香。

肯肯收起長劍，悶聲說：「對不起，我認錯人了。」

那人也收回法杖：「誤會解開就好。」

這熟悉的臉還是讓肯肯不太舒服，他撇開頭問：「你叫藍？爲什麼在這裡？」

藍的目光掃過狄菲婭，定在肯肯身上：「兩位又爲什麼在這裡？」

肯肯答道：「她找人，我送她。」

藍笑了笑：「找人？不是尋寶？」

3 震顫峽谷

曠野，曠野，依然是曠野。

不知在凝固的白晝中走了多久，格蘭蒂納和魅王依然身在曠野中，頭頂藍天，腳踏草地，碧綠的草原望不到邊際。

魅王長長嘆息：「怎麼連朵花都沒有，我分不出這棵草和那棵草的不同，我們是否在原地打轉，也分不清了。」

格蘭蒂納盯著羅盤：「羅盤沒有失效，所以只要這裡不是另一個瓶子，我想我們能走出去。」

魅王懇切地說：「放心吧，之前的事是我想和你更親切些，所以開了個玩笑。我不會那麼無聊，總開玩笑。」

格蘭蒂納含笑道：「這裡陷阱重重，經過魅王閣下的玩笑提醒，確實讓我振奮了精神。羅盤的指針有變動，大概前方幾百公尺處，會出現不同，閣下小心。」

魅王按住格蘭蒂納的手：「那由我先去探探路。」

他的身體變成了煙霧般虛幻，極其迅捷地向前方飄去，片刻後，猛然頓住身形，俯身查看。

草地上，躺著一具白骨。

看骨骼是人類，左胸肋骨粉碎，應是他的死因。骨縫中和身邊散落著金銀寶石，夾雜著破爛的布片。魅王撿起一塊血紅的寶石，迎著太陽看了看。

「為什麼這裡會出現疑似進入過寶藏所在地的人的屍體，難道鑰匙不只一把？」

格蘭蒂納上前觀察屍體：「有這個可能。亦或許，在紅龍王得到鑰匙前，還有其他人曾擁有過它。」他取出一根棍子撥動屍骨上的金沙和寶石，金沙堆中露出一把短劍和鏽跡斑斑的劍鞘。

魅王仔細打量了一下短劍：「不對，此人和紅龍王屬於同一時代。這把劍上有聖騎士的徽章，暮色戰爭前的一、二十年，坎伯欽大主教開始執掌聖教會，聖騎士的徽章由之前的獅子改成鷹與蛇的圖案，暮色戰爭之後，改成了十字薔薇。」

格蘭蒂納從屍骨手指上挑下一枚指環，舉到眼前，指環內刻著一行小字——維克多．巴斯達。

魅王從衣袋中取出一枚水晶球，掌心暈出光芒：「羅斯瑪麗。」

水晶球上立刻出現羅斯瑪麗嫵媚的面容：「陛下，有什麼吩咐？」

魅王沉聲說：「立刻去查一查維克多．巴斯達這個名字和聖教會的關係。」

羅斯瑪麗應了一聲是。

過了大約十來分鐘，水晶球光彩閃爍，羅斯瑪麗的面容再度現於其上：「陛下，已經查到了。維克多．巴斯達，坎伯欽大主教的第一代聖騎士長之一，暮色戰爭前十六年失蹤。失蹤原因不明，他失蹤之後，聖教會沒有任何表示，也沒給他的家屬發放慰問金，他的老婆後來把女兒賣給了雷頓王室做奴隸。這個孩子叫漢娜．巴斯達，就是和紅龍王談戀愛的暮色騎士。」

魅王略一沉吟：「再去詳細查一查他失蹤前曾做過什麼事，說不定聖教會及相關人等那裡會有真相。」

羅斯瑪麗應了一聲，又從水晶球上消失。

魅王收起水晶球：「竟然發現了暮色騎士父親的屍體，王子殿下怎麼看？」

格蘭蒂納繼續研究屍體：「現在尚不好下結論，我不明白的是，爲什麼他會出現在寶藏所在地。」他把散落的寶物全都撥到一旁的草地上，手中木棍浮起綠光，金沙和寶石在綠光中不見了，只剩下一堆堆黑色霧氣在光芒中扭曲。

魅王抬起手，那堆黑霧從綠光中向他飛去，被吸進一個透明的水晶瓶，在裡面凝固成了一枚黑色的圓球。

魅王衣袖中爬出了一條五色斑爛的小蛇，鑽進瓶中一口吞下了圓球，蛇身上立刻裹了一層黑霧，與蛇的五色彩霧糾纏搏鬥，片刻後，黑霧完全被彩霧同化，霧氣回到蛇體內。蛇吐了吐信子，好似打了個飽嗝，慢悠悠爬出瓶口。

魅王收起瓶子，撫摸牠的身體：「這個小東西，就是喜歡吃重口味的玩意兒。」

格蘭蒂納含笑說：「魅王閣下眞是有愛心，養了這麼多的寵物。若不是這枚指環，只怕這具屍體早已變成剛才那些東西的同類了。」

樸素的指環在陽光下閃爍著溫潤的光暈，格蘭蒂納轉動它，撫摸著上面的一個符文刻痕。這是有大光明祝福屬性的符文，唯有大主教和最有資歷的大長老才能施展。

魅王拋出一個光球，裹住骨骸，化成豌豆大小，收進一個瓶子中。

「這具骸骨說不定還有別的用處，我想先帶著它，你不會反對吧。」

格蘭蒂納收起指環：「當然不會。」

他們向著正南方繼續前行，腳下的草地漸漸有了變化，綠草越來越稀疏，大片光禿禿的沙礫裸露在太陽下，一座高聳的紅色山脈出現在前方。

格蘭蒂納懷中的鑰匙微微動了一下，這是自進入藏寶地以來，它初次有反應。羅盤的指針拚命地旋轉著，完全失去了作用。

格蘭蒂納與魅王剛踏上山前的沙礫地，天地豁然變色，紅氣湧動，遮蔽天日，狂風乍起，漫捲黃沙。寶藏的鑰匙紫光大作，自動從格蘭蒂納懷中飛出。

魅王朗聲長笑，驟然轉身，一手抓向鑰匙，一手拍出暗藍光芒：「王子殿下，你我是否先在這裡商量好寶藏如何分配，省得進去了之後打架？」

格蘭蒂納閃身避開藍芒，抓住鑰匙的皮繩飄然後退：「閣下稍安勿躁，我覺得這個地方有些古怪，萬一你我兩敗俱傷，這裡突然鑽出一個魔物，哭都來不及了。」

魅王衣袖中飛出一條斑斕的影子，撲向格蘭蒂納：「我對魔族還有些辦法，王子不必替我憂心，但你會不會哭，就不好說了。」

□

肯肯完全相信，藍肯定不是格蘭蒂納。

格蘭蒂納絕不會這麼囉唆，更不會這麼懶。

打從誤會解開的那一刻起，他就在不停說話，詢問狄菲婭的名字、稱讚她很美麗、探討剛剛的魔物是什麼品種、向他們科普空地上神廟的虛影名叫海市蜃樓等等。

嗡嗡不絕。

肯肯被吵得頭疼，解下腰間的水袋，突兀地插話：「你，渴嗎？」

藍接過水袋，喝了兩口，遞還給肯肯，極其理所當然地說：「裡面沒水了，龍，你再去找一些來吧，左前方一千公尺處應該有水源。對了，順便在水源附近的樹林裡摘些野果，狄菲婭小姐應該餓了。」

他們現在已走出了沙地，正處在另一片郊野之中，藍一副要和他們一路同行的樣子。

肯肯板著臉取回了水和野果。藍吃了一枚甜棗，又問：「你們眞的只是找人，不是尋寶？」

肯肯盯著他：「你是來尋寶的？」

藍正色：「確切地說，是盜墓。」

狄菲婭瑟縮了一下：「這裡……有墳墓？」

藍再拎起一串葡萄：「是啊，傳說這裡有一座大魔王的墳墓，裡面有數不清的金銀財寶，只要拿到一、兩樣，就能一輩子吃穿不愁。否則這裡爲什麼會有魔族的陷阱？你們要找的人，應該也是來盜墓，然後失蹤了吧。」

狄菲婭搖頭：「不是，約靈他一點都不喜歡錢。」

藍哈了一聲：「不喜歡錢來這裡幹嗎？啊，這位龍兄，我看你一路上神色十分嚴肅，恐怕不只是送狄菲婭小姐這麼簡單。」

肯肯冷聲說：「這裡有個人，我不想看見他，他是我的仇人。」

藍往口中塞了一顆葡萄：「喔，就是那個叫格蘭蒂納的精靈？」

肯肯不語。

藍剝著葡萄皮問：「如果遇見他，你怎麼辦？」

肯肯面無表情地說：「我會殺了他。」

狄菲婭打了個寒顫。

藍嘖了一聲：「多大的仇啊，鬧到要殺的地步？」

肯肯冷冷地說：「血仇。他殺了我最重要的人，他要償命。」

藍轉轉眼珠：「那的確該殺，祝你成功。」

他眼裡含著笑意，這張熟悉的臉吐出這樣一句話，肯肯的心狠狠地痙攣了下，側身不再看他。

藍轉過話題：「那麼，狄菲婭小姐，妳知道該去往哪個方向找人嗎？」

狄菲婭黯然搖頭。

藍說：「那你們就一直跟著我走吧。到這裡來的人基本都是同一個目的，你們要找的人十有八九會在墓地。」

肯肯毫無感情地說：「我們不會幫你尋寶。」這種哄騙的伎倆，他已經見識過了。

藍笑著說：「我只是覺得我們可以互惠互利，我有地圖，總好過你們在這毫無頭緒地亂轉吧。」

他從懷中取出一張羊皮卷，攤開，肯肯瞄了一眼，羊皮卷的左半邊與鑰匙顯示的寶藏路線圖一模一樣，右半邊寶藏所在的區域繪出了陸地的輪廓，上面詳細標註著名稱。

藍在地圖上點了點：「我們在這個位置，荒蕪沙湖的旁邊，迷茫林地，再往這裡走，就是震顫峽谷，也就是古墓的所在了，沒多遠的路。」

肯肯再問：「你爲什麼會有這裡的地圖？」

藍輕飄飄地說：「來尋寶，怎麼能不帶地圖呢。之前有很多人死在了這裡，你們過來的時候見過屍體吧。」

狄菲婭點點頭：「在樹林裡見過。」

藍彈了彈手指：「樹林？很大片的森林？那你們是從奔放森林過來的，這裡。」

肯肯盯著地圖：「不對，我們來時，不是這個方位。」他伸手一點。「是在這一邊。」

藍笑著用手指在地圖上一撥，寶藏版圖居然轉動了。

「看來你們真的是不瞭解這裡。這塊陸地每十五分鐘就會沿著順時針的方位轉動，所以即使你在相同的位置登陸，不同的時間，踏上的也是不同的地點。上岸之後要計算好時間，移動地圖，或者按照羅盤的指示走，否則一輩子也到不了目的地。不過這裡移動的，只是外沿的陸地，中間的震顫峽谷是不會動的。」他收起地圖，向斜前方指了指。「這個鐘點，我們應該往那裡走。」

肯肯陪伴在狄菲婭身邊，跟隨著藍前行，一種莫名的直覺趕走了他急於回龍界的念頭。

藍與狄菲婭似乎有某種關聯，那種莫名的直覺告訴他，應該弄清楚這種關聯是什麼。

所謂沒多遠的路走了許久。

狄菲婭再也堅持不住了，又一次停下來喘氣，肯肯也不禁問：「快到了嗎？」

藍笑咪咪地吐出已經說了無數遍的兩個字：「快了。」

肯肯和狄菲婭都一臉不信，狄菲婭按住腰部向前看了看：「可是，前面還是沒有山出現啊。」

藍一本正經地說：「這裡是魔王的墓地，每個板塊之間都有法力阻隔，沒穿過屏障之前，震顫峽谷即便在我們的一步之外，我們也看不見。」

狄菲婭苦下臉：「那怎麼判斷是不是快到了？」

藍說：「雖然看不到，但可以感受得到。震顫峽谷嘛，顧名思義，當你靠近它的時候，會感覺到一股強烈的震顫……」

他話音未落，地面突然劇烈地抖動起來。

□

游動著紅絲的黑網向著格蘭蒂納罩下，格蘭蒂納的法杖幻化出無數道光刃，斬破黑網，劈向魅王。魅王頭頂聚攏出大朵法雲，擋住光刃，轟然一聲巨響，大地震顫。

格蘭蒂納疾步後退，魅王在刺目的光芒中幻爲輕煙，化成一隻藍灰色的貓，凌空撲下，在格蘭蒂納的手上狠狠撓了一爪，一口咬住項鍊的皮繩，叼起就跑。

格蘭蒂納喚出一道光圈，套向飛奔的魅王，魅王咬著鑰匙輕盈躍起，避開光圈，一爪在空氣中撓出一道裂縫，忽然，一隻手伸來抓住了他的後頸。

藍提起手中的貓，晃了晃：「咦？這是什麼？」

魅王掙扎著抓撓，竟全身無力，看清面前放大的臉後不禁喵嗚一聲，咬著的鑰匙掉了下來。

肯肯接住鑰匙，大地與山脈轟鳴顫抖，他緩緩抬頭看向前方。

格蘭蒂納就站在十步開外，狄菲婭詫異地轉頭看看格蘭蒂納，又看看藍：「你們兩個長得好像。」

藍抓著魅王，看向格蘭蒂納，露出饒有興趣的笑容：「是哦。」

肯肯和格蘭蒂納都沉默地站著。

片刻後，肯肯的手中幻化出光劍，斜指向格蘭蒂納。

格蘭蒂納神色複雜，目光掠過肯肯，定在藍的身上，突然開口：「我是格蘭蒂納・阿法迪。」

藍笑道：「原來你就是那個格蘭蒂納，話說，我曾經認得一個同樣姓阿法迪的人……」

格蘭蒂納勾起一抹淡笑，眼睛卻全無笑意：「那就沒錯了。」猛地踏前一步，一拳掄上藍的臉。

藍手中的魅王噭的一聲跌到地上。

格蘭蒂納甩了甩手：「我曾對母親保證過，假如有一天，遇見那個和我長得一樣的渾蛋，我一定會替她狠狠地揍這個人渣。」

藍的神色微變，凝目注視著格蘭蒂納：「你……瑟絲琪，她還好嗎？」

格蘭蒂納面無表情地回望著他：「我的母親叫瑟琪絲。」

藍浮起一個迷離的笑容：「對哦，我剛剛口誤了。唉，這麼多年過去了……她居然有了孩子……這麼說，她改嫁了？」

格蘭蒂納看著他的眼神毫無溫度，再度握緊右拳。地上的魅王抖抖身體，幻化成人形，笑吟吟攔住格蘭蒂納：「冷靜些，冷靜些。唉，眞是感人的父子相會。」

藍吃驚地望著格蘭蒂納：「難道……你是我兒子……？」

格蘭蒂納鬆開拳頭，轉身就走：「對不起，我們不認識。」

藍鬆了一口氣：「原來不認識啊，眞巧，我們竟然長得一樣。」

肯肯一個跨步上前：「站住。」

格蘭蒂納側回身：「你……是……肯肯？」

肯肯慢慢抽出長劍，鑰匙上的寶石和龍牙深深陷入掌心，劍身上烈焰熊熊。

魅王恍然地說：「原來是小龍王，換皮之後，煥然一新，我竟不認識了。話說，寶藏就在眼前，你們在這裡拚個兩敗俱傷，是不是不太合適？萬一不小心打壞了鑰匙……」

格蘭蒂納淡然道：「放心吧，他對寶藏沒興趣，如果他殺了我，寶藏可能全都是你的。」

魅王立刻後退一步：「兩位的私人恩怨，我不方便插話，請當我不存在。」

肯肯雙目赤紅，舉劍向格蘭蒂納狠狠刺去，就在劍尖即將刺進格蘭蒂納身體的剎那，他的手頓了下，這時，一根法杖伸來格住了他的劍。藍一把將格蘭蒂納扯到一旁：「我最不愛看到正事尙未開始，因爲一些瑣碎小事先鬧得亂七八糟。這裡是魔王的墳墓，機關重重，假如因你們的鬥毆搞出什麼岔子，或者乾脆魔王詐屍了，我們全都要折在這裡。你們三位死得其所，我和狄菲婭小姐可是很冤啊。」

格蘭蒂納淡淡道：「你更是死有餘辜。」

藍抬手揉揉他的頭髮：「乖兒子，長輩訓話的時候，不要插嘴。」無視格蘭蒂納鐵青的臉色又向肯肯道。「龍，你要殺的這個人，好像不認識我，又好像是我兒子，不管怎麼樣，我不能看著你殺他。你和他平輩，那麼我就是你的長輩，我聽說龍族很尊老愛幼，所以從現在起，所有的事情都由我這個長輩說了算，你們都沒意見吧。」

格蘭蒂納嗤道：「不知所謂，不要理他。」

藍含笑看著肯肯的雙眼：「你是聽他的，還是聽我的？」

肯肯手中的長劍哐噹跌落在地，消失不見，僵硬地說：「我，聽你的。」

藍讚許地拍拍他的肩：「乖，知道聽長輩的話，是條好龍。等找到寶貝，伯父多分一點給你！」

肯肯面無表情地垂下眼：「我對寶藏沒興趣。」

藍搭著他的肩膀：「喔？那你告訴伯父，你對什麼有興趣？」

肯肯狠狠剜了一眼格蘭蒂納：「殺他。」

藍嘆氣：「年輕人的腦子裡不要都是殺戮，要有更高的追求，除了殺他之外呢？」

肯肯再垂下眼：「娶媳婦。」

藍滿臉欣慰：「這就對了。娶媳婦是一生中最重要的事情，一定要慎重！伯父認識很多美女，到時候幫你參詳參詳！」

肯肯生硬地說：「謝謝伯父。」

高聳入雲的紅色山脈不知何時裂開一條大縫，幽冷的風從漆黑裂縫中吹出，如同百鬼厲號。

藍興奮地搓搓手：「從這裡進去就是墓穴了！龍，和伯父一起在前面探路怎麼樣？」

肯肯悶聲說：「好。」

魅王湊近格蘭蒂納，笑著看向率先進入裂縫的一龍一人：「伯父是個挺開朗的人。」

格蘭蒂納攙扶著狄菲婭跨過一道橫溝，冷笑了一聲。

4 冰封神殿

裂縫內一片漆黑，藍舉起法杖，頂端的綠寶石灼灼生輝。肯肯掌心中跳起一團火焰，浮到半空。魅王袖口飛出一隻蜜蜂，在半空中變大，提著一盞燦爛的琉璃燈籠。格蘭蒂納拋出一團明亮的光球。

在這幾股光源的照耀下，裂縫徹底亮了起來，山壁上出現了一個幽深的洞口。

藍摸出地圖：「根據圖上標示，這裡應該就是通往魔王墓穴地宮的通道。」

魅王和格蘭蒂納的表情都有些微妙。

魅王含笑走上前：「伯父，你的這張地圖，是從哪裡得到的？」

藍訝然反問：「怎麼，你們都沒地圖？」

魅王瞇起眼：「伯父你說，這裡是魔王的墓穴？」

藍點頭：「對啊，此地是魔王的墳墓，打開墓葬，可以得到世上最珍貴的寶物，但絕不能被魔力腐蝕。你們不也是來尋寶的？」

魅王柔聲說：「我們是來尋寶的，不過不是盜墓。我們聽說這裡是農神約靈離開世間時留下的寶藏，得到它的人，可以獲得神的賜福。」

狄菲婭微微一抖，喃喃道：「約靈……農神？」

藍若有所思地皺眉：「那就奇怪了，爲什麼我聽說的是魔王，你們聽說的卻是神。」

魅王攤手：「可不是，農神怎麼會變成魔王，而且魔王還死了。」

肯肯不耐煩地說：「是神是魔，進去不就知道了？」

魅王抬手阻止：「不行，魔王的墓和神的寶藏怎能同等對待？倘若我們進去，迎面過來一個難辨身分的守衛，是應該一刀砍下去，還是恭敬行禮？稍有差池，可能就性命不保。這樣吧，伯父能不能把您知道的，關於這個寶藏的傳聞詳細告訴我們，我們也把所知的告訴您。」

藍爽快贊同：「好啊，我知道的很簡單，就是有個魔王埋在這裡，墓穴中陪葬著各種珍稀的寶貝。至於是什麼魔王，爲什麼會埋在這裡，我就不清楚了。」

魅王插話：「伯父是不是出身自聖教會？」

藍咧嘴：「當然不是，我是個自由職業者。」

格蘭蒂納淡淡說：「一個自由的騙子。」

聽著他們的對話，肯肯不知爲何想到了一個人族詞語——家學淵源。

藍對格蘭蒂納的話表現得不痛不癢，不以爲意。

魅王笑了笑：「那麼，由我來說一下我們所知的情況。據說，這裡是農神約靈藏寶的地方。很多年前，農神愛上了一名凡間的少女，可是少女卻喜歡他的哥哥山林之神約蘭。少女拒絕了農神的求愛，悲傷的農神把他爲少女準備的寶藏封存在了此地，從此離開了世間。」

肯肯看看狄菲婭。她一臉茫然地站著，似乎這個故事與她毫無關係。

藍眨眼：「如果你所說的屬實，這寶藏應該是屬於那少女的。」

魅王淡定反駁：「農神不打算把寶藏給她，方才埋在了這裡。而且鑰匙也流落到了人間，這就表示神也認爲，找到寶藏的人，就有資格得到寶藏。」

藍再問：「那個少女後來怎樣了？」

魅王聳聳肩：「人族能活多久？想來就是嫁了人，最後變成老太太，死了。還有一種說法是，農神走後，她發現自己沒希望搭上山林之神，又拒絕了一個愛她的神靈，失去了永生的機會，就悔恨而死，靈魂徘徊在世間，不停地呼喚著農神的名字，期待他能回頭。」

藍呵呵笑道：「這就是了。說不定農神讓鑰匙流落到人間，是希望那少女的靈魂能夠看到，表達他的寬恕。」

魅王微微一怔。

藍把法杖換到左手：「所以，比起神的寶藏，我更願意相信這是個魔王的墳墓。不論如何，我是打算進去看看的。龍，要不要跟伯父一起進去？」

肯肯沒說話，反而看向狄菲婭。

藍也把目光投向她：「怎樣，美麗的小姐，妳也打算進去冒險嗎？」

狄菲婭抓住裙襬，點了點頭：「約靈可能在裡面，我要找到他。」

藍舉著法杖，率先進入隧道。肯肯瞥了格蘭蒂納一眼，護著狄菲婭走進洞口。

魅王輕輕一拉格蘭蒂納的衣袖，悄聲說：「我想和你談談，關於令尊。」

格蘭蒂納隨他走到一塊山石後，魅王攤了攤手：「我承認，我喜歡財寶，尤其與神力有關的寶物。爲了能據爲己有，甚至獨吞整個寶藏，我會不擇手段。但現在，這個寶藏的眞僞讓我有些猶豫，特別是令尊的出現……格蘭蒂納，你今年多大？」

格蘭蒂納回答：「一百二十歲。」

魅王一嘆：「如果令尊是人族，那他現在未免太年輕了。」

格蘭蒂納不屑地哼了一聲：「他那滿嘴跑馬車的話，你眞相信？」多年之前，母親就是信了這個騙子的話，把他當成了一個受傷的人族法師救回族中，結果這個騙子騙走了她的一切，在某個晚上永遠地消失了。

魅王露出牙疼的表情：「剛剛羅斯瑪麗告訴了我一些消息，也與令尊有關。據暮色戰爭後一名倖存聖騎士的回憶錄記載，坎伯欽大主教的三名聖騎士長同時失蹤，在他們失蹤的前幾個月，有一個名叫藍，身分不明的人曾送給大主教一份地圖，告訴他在世界盡頭有一個隨時都會覺醒的魔王將會毀滅世界。三名聖騎士長失蹤了十幾年後，暗夜始祖被釋放，大陸陷入浩劫，暮色戰爭爆發。」

格蘭蒂納的神色轉爲肅然。

魅王低聲說：「我現在眞的很懷疑，這個寶藏到底是什麼。」

格蘭蒂納望向洞口：「難道你不打算進去了？」

魅王頓了一頓，臉色略有些扭曲：「當然，還是要進去的。」

隧道幽深漫長，肯肯沉默地走在最前方。

隧道盡頭有一面半透明的白色石壁，一塵不染。

肯肯身邊的人走上前，觸摸石壁，仔細打量。肯肯下意識地開口：「格蘭蒂納……」話出口，他才驚覺喊錯了，這個人是藍。

肯肯別過頭，摸摸石壁，感覺滑而冷。石壁沒有鎖眼，鑰匙應該不是用在這裡的。

藍用法杖敲了敲石壁：「還挺硬的。」

他們在石壁前徘徊，不久之後，格蘭蒂納和魅王追了上來。

格蘭蒂納觀察石壁，肯定地說：「這是冰。」

魅王咋舌：「不可能吧，這麼熱的天氣，怎麼可能有一大塊完整無缺的冰？」

格蘭蒂納緩聲說：「《大約蘭書》中記載，有貪利的愚者竊取了四季女神的寶石，讓世間只有春與夏，沒有秋和冬。世間遍地災禍飢餒，怨魂幽靈橫生，衍化為炎魔，作亂於揚固山。約蘭神用神力冰封住整座山，那冰火不能化，熱不能融，因此消弭了炎魔，四季重新輪轉，世界重歸安寧。這塊牆壁上有神的法力的氣息，質地不像石頭，我想應該是冰。」

藍欣慰地說：「我兒學識眞淵博。」

魅王摸摸下巴：「這麼看來，這裡是農神的寶藏了，弟弟藏寶，哥哥幫忙封門，說得過去。」

藍搖頭：「說不過去，神為什麼會幫魔王封住墓穴？」

肯肯冷冷問：「怎麼打開？」

格蘭蒂納凝視著白壁：「據書中記載，只要虔誠地跪下祈禱，默唸神的名字，冰就能融化。」

聽到他的話，在場的幾人都沉默了。

藍踱到一邊去欣賞隧道的石壁，魅王伴在他旁邊，肯肯板著臉站到一個角落，剩下狄菲婭睜大眼，茫然地四處觀看：「祈禱不難的，為什麼你們好像都不願意的樣子？」

格蘭蒂納回答她：「因為這是一群沒有信仰的傢伙。」

肯肯悶聲說：「我是龍。」龍信仰自由！

藍的眼神放空：「魔王啊，魔王醒來吧……」

魅王咳了一聲：「我的靈魂中都是雜質，必然不能做出令神感動的祈禱，我覺得，憑藉精靈族專業的虔誠和狄菲婭小姐純潔的祈禱，定能令神感動，融化寒冰。」

格蘭蒂納嘆了口氣，轉身面對冰面，右手按在冰上，閉上雙眼。一股冰涼氣息沁入皮膚，狄菲婭心中湧起莫名的敬畏，她屈膝跪下，合起雙手，好像很久以前在什麼地方，她曾這麼做過一樣……

冰面光華流動，內裡似有水流在遊走，冰上出現了一行字——

打破沉眠，災禍將甦醒，是否繼續前行？

藍把手搭在肯肯肩上：「龍，幫伯父拿個主意，是進去，還是不進去？我們悄悄地進去，拿了財寶，再悄悄地出來，應該沒有大礙吧。」

肯肯沉聲說：「那就進去。」

冰上的字跡閃爍著，換了內容——

確定嗎？

魅王悠然說：「當然確定。」

冰壁自那行字跡開始漸漸融化，不消片刻，便化作了一道拱門，門後，是一座純白的殿堂。地面、牆壁、撐起穹頂的柱子，都和方才的冰壁一樣光滑寒冷。

待他們跨過拱門，踏進殿堂，這些光滑的表面亦開始融化，露出真容。

一幅幅壁畫逐漸顯現。畫上繪著慘烈的殺戮，殺戮的雙方，都是神。

頭戴荊冠的神祇把手中的權杖刺入女神的胸口，踏在雲上的男神手執角弓，向著踏在戰車上的神射出利箭……

天與雲都被染成暗紅，眾神之血，似要從畫中濺出。

眾人站在門前，一時無法相信眼前的一切。

大廳上首砌著高高的神座，神座前有一座碩大的祭壇。神座之上，一無所有。

地面與石柱有多處殘破，有的像被某種巨力砸碎，有的則像被某些鋒利的刀劍或利爪抓撓過。

大廳正中央擺著一副巨大的石棺，棺身已破裂，棺蓋在地上斷成幾塊。

殿堂中瀰漫著濃厚的悲涼與壓抑，魅王走到石棺邊看了看：「是空的。」他轉過頭，有些僵硬地笑了笑。「這裡面的東西，不會化成了人的樣子，混在我們中間吧？」

空氣陰而冷，魅王將視線定在藍的身上：「伯父，你怎麼看？」

藍四下張望：「看來，在我們之前有人來過。魔王不在了，財寶也被拿走了，這些壁畫不知道能不能揭下來，拿去賣幾個錢。」

他嘴裡說著，真的就走到牆邊抬手揭畫；手剛碰到壁畫，半空中突然喀啦亮起一道閃電，四周霎時漆黑。

肯肯腳下突然一空，他張開雙翼，下意識地抓住旁邊一個身影：「當心。」待看清自己抓住的是誰，他的手僵了僵，像被燙到一樣縮回。

格蘭蒂納平靜地說：「謝謝。」

肯肯冷冷轉過頭，發現自己竟在半空中。頭頂是煙灰色的天幕，腳下飛掠過藍黑的雲層，藍、魅王和狄菲婭都不見了蹤影，只剩下他與格蘭蒂納。

他試著向下降落，荒涼的大地上全是屍體和流淌的血。

暗紅的血染紅了綠草，滲透進泥土，凝固在斷牆殘壁之上。那些屍體都是壁畫上神的模樣，雙眼緊閉，神態安詳。

白色斷牆邊的大樹下，白袍的神祇親吻著銀髮的少年，將短劍刺進他的左胸。

肯肯撲上前，想要阻擋，手卻從那神祇和少年的身體中穿了過去。

他眼睜睜看著神祇闔上少年的雙眼，把他平放在樹下，繼而口吐鮮血倒下。廢墟、屍體、慘烈的場景都在眼前，他卻摸不到、碰不著。

格蘭蒂納低聲說：「這些都是幻象。」

肯肯冷硬地開口：「畫裡的幻象？」

格蘭蒂納喃喃道：「也或許是曾經的眞實。」

死寂的天地間唯有淡灰的霧氣繚繞，忽而，有空靈的豎琴聲自天邊飄來，縹緲、虛幻。

灰霧翻轉，漸漸變白，地上的血和屍體都融化在霧氣中消失了，草地變得碧綠，天空湛藍澄淨。琴聲越來越近，還夾雜著嬉笑喧鬧。

白霧淡去，斷壁殘垣居然重新變回宏偉神廟，石柱圍成的花園中，美麗的女神們在嬉戲舞蹈。

突然，肯肯身體一僵，視線定格在某處。

神廟下的眾神中，他發現了紫。

紫正穿過綴滿花藤的走廊向神廟走去，肯肯拔腿追了過去。

紫走上高高的台階，跨進神廟，門前的高台上，一隻黑色的貓和一隻琥珀花紋的貓臥在一起，抖了抖耳朵。

肯肯看到紫在神廟中單膝跪下，殿內一片刺目的白光，他聽不清紫在說什麼，也看不清他跪拜的到底是誰。

他正要喊紫的名字，眼前突然一花，紫、神殿、眾神都消失了，只剩下頭頂的一片藍天，腳下的無盡曠野，連格蘭蒂納都不見了。

身邊空氣裂開一條縫，跳出一隻藍灰色的貓，舔了舔爪子，嘆道：「這個幻術相當麻煩啊。」

貓用爪子抹抹臉，變成魅王的模樣，四處看了看。

「小龍王，沒有別人和你一起嗎？」

肯肯面無表情地說：「剛剛有，後來沒了。」

魅王長嘆了一口氣：「唉，我現在覺得，寶藏這件事，根本就是個圈套。但設下這個圈套的人，目的到底是什麼？」

5 昔日浩劫

狄菲婭茫然地站在霧氣中。

那幾個好心幫助她的人都不見了，只剩下她自己。

她不知道自己身在什麼地方。

約靈……會在這裡嗎？

濃霧散開，她發現自己站在一座神廟前，這座神廟，很眼熟。

許多和她一樣的少女匆匆走向神廟，她想起之前湖底的遭遇，躑躅不前。可是這些少女和那些湖底的幽靈不同，她們是實實在在的，穿著漂亮的長裙子，裝扮艷麗，一名少女招呼著女伴：「快點呀，不然好的種子都被別人搶去了。」

她心底一直混沌的某處因這句話而潰散，變得清明起來。

對的，種子，她來神廟，是爲了祈求神的種子。傳說，只要在神殿中祈禱，把神座前的種子帶回去悉心栽種，待種子長成美麗的花朵，便能得到神的恩賜。

想起這一切後，她竟然在那群少女中看到了自己。

她跟在自己身後走進神廟，看到少女們都跪在左側的神像前祈禱，神座上的塑像頭戴花冠，手拿銀白色的權杖，俊美無雙。

她不禁看向右側的神像，爲什麼這位神祇，沒有人拜呢？

「爲什麼這位神祇，沒有人拜呢？」她聽到跪在地上的自己，輕聲地問身邊的女伴。

女伴撇了撇嘴：「那是農神的塑像啦，除了農夫之外，誰會去拜他啊，又土又不帥。還是山林之神最美最優雅，把神廟的種子帶回去種，山林之神會保佑我們得到美滿姻緣喔，聽說，如果花種得特別好，山林之神還會愛上妳呢。」

她聽見這話，轉頭看向農神的塑像，他手拿木叉，腰間插著一束麥穗，服飾簡樸，面容端正，是沒有山林之神那麼華美，不過看起來很質樸。想來這位農神，一定是位心腸非常好的神吧。

祭祀結束，少女們一擁而上，搶拿神座前托盤中的種子，嘩啦，托盤跌翻在地，少女們立刻爭先恐後地彎下腰拾撿。

她看見自己被擠到人群外，再次側首打量農神的塑像，忽然，她發現農神神座前有一枚種子。她看著自己走上前去，撿起了那枚種子，合在掌心中，向農神的雕像跪拜。一個恍惚間，她竟發現神座上農神的雕像化成了一個人，看向跪在地上的她，露出微笑。

那人，是約靈。

女伴過來拉扯跪在地上的她：「哎呀，妳瘋了嗎？居然要約靈神的種子，難道妳要在家裡種麥子嗎？」

約靈神……約靈神……

一路上，她從那幾人口中不斷聽到這個名字。

約靈神，農神約靈。

約靈他……

她捂住頭，不，約靈他不是神，他是人，他只是家裡的園丁而已。

他不可能是神的，絕不能，因爲……

一個低沉的聲音在她耳邊響起：「自私的凡人，妳把神留在身邊，只會害了他。神與人之間，不能有愛情。」

她跌坐在地，淚流滿面。

似乎又回到了那一天，她站在花園裡，手拿水壺澆灌從神廟帶回的種子，那個短髮的少年站在爬滿花藤的走廊下向她微笑，褐色的眼睛溫柔無比。

「小姐，我是新來的園丁，這種活交給我來做吧。」

母親和姐姐們都說，女孩子一定要挑選一位強者作丈夫，這樣才能隨心所欲地穿想穿的衣服、佩戴想佩戴的珠寶，恣意地享受生活。

可她不喜歡父母提供的那些結婚對象，他們和她的哥哥一樣，擁有最優雅的儀表、會說最動聽的辭藻、唸最優美的詩，但他們的眼睛中沒有感情，看她的眼神和看一件名貴的瓷器、一朵鮮花沒有什麼區別。

雖然，那個在走廊下向她微笑的少年並不十分英俊，也說不出華麗的辭藻，但她喜歡他的眼睛，溫柔又清澈的目光。

她希望他能永遠陪伴在自己身邊，哪怕和他到天涯海角，穿粗布的衣服，吃黑麵包和野菜湯，她也願意。

但是，那少年不能和她在一起。

她從神殿中帶回的種子，是一棵葡萄。

她從來沒有養過這種植物，愚蠢地澆了好多水，加了好多肥料，老搬它去曬太陽，有很多次，那株小苗都蔫蔫的、病殃殃的，似乎下一秒就會死掉。可第二天，它都會重新精神抖擻，繼續茁壯成長。

那一天，她把葡萄從花盆中移栽到花架下，不小心弄斷了它的莖，她想這下肯定完蛋了，懊惱地哭了很久。

晚上，她睡不著，起身想看看月亮，她的窗子正對著花園，當她撩開窗簾時，卻看見那個少年站在花架下，他的手中暈出燦爛的光華。

第二天，她發現那棵葡萄竟然自己好了，挺著完好無缺的莖，向花架上攀爬。

少年笑著對她說：「看來它有自癒能力，可能因爲是從神廟裡帶回的植物吧。」

她附和地點頭，這才留意到，自他來了之後，家裡的花花草草長得特別壯實，從不生蟲生病，花開得出奇大。

哥哥養的幾隻凶狠的獒犬，看到他就瑟瑟發抖，匍匐在地，一動不動。

花園中經常飛來異常美麗，她叫不上名字的鳥，婉轉鳴叫。

異樣的忐忑在她的心中滋生，她想起自己讀過的一個故事。

農夫愛上了美麗的仙女，爲了娶她爲妻，他偷走了仙女的羽衣，使她不能回到天上。

也許，她在做同樣的事情。

她故意對著葡萄藤說，她很愛山林神約蘭，非常非常愛，結果看到了少年悲傷的目光。

他說：「小姐一定能如願以償的。」

那天晚上，她被一道強光攝出房間，無比俊美華貴的神祇站在半空，綠色眼眸冷冷地俯視她。「無知的女人，妳對我的弟弟謊稱愛我，我知道妳的企圖。神與人之間不能有愛情，妳把神留在身邊，只會害了他。」

自這一刻起，她才徹底知道他是誰。原來，那日在神殿中，當她好奇地打量著農神的雕像時，這段緣分便已開始。

約靈，約靈，萬人頌揚仰慕的名字，卻能只屬於她，多麼不可思議。

第二天，約靈向她道別，對她說，他接受了別家的工作，要離開了。按照約蘭神的吩咐，她要表現得沒心沒肺，和他說再見，告訴他，她已決定放棄對神的愛，與父母安排好的對象結婚。

可她沒有遵守約定，她主動抱住了眼前的少年，她說，我從沒愛過什麼約蘭神，從頭到尾，我只愛你。

約蘭神勃然大怒，斥責她不守約定。她固執地說：「雖然你們是神，我只是人，但我愛他，他也愛我，我們並不會妨礙誰，爲什麼不能在一起？」

「妳的愚蠢和貪婪害了他……」那個聲音又出現在耳邊。「妳所謂的感情，就是只顧自己的歡愉，哪怕他殞落也無所謂。」

狄菲婭癱坐在地，周圍虛幻的景象崩潰。她放聲痛哭，看見萬丈虛空中，約蘭將手中權杖刺進約靈的身體。

她看見他閉上雙眼，跌進雲中，再也不會醒來。

她看見約蘭冰冷的目光：「這就是妳想得到的結果，現在妳滿意了。」

不是這樣的，不該是這樣……

她只是愛著他，只想永遠和他在一起，即使有一天他不見了，去了遙遠的地方，她也要找到他。

僅此而已。

是神還是人到底有什麼關係？

一隻手按在了她的肩上，她抬頭，仰望那高高在上的面容。

「約蘭神，他不會眞的死了的，對不對？你不會眞的殺了他……我知道我錯了……我會離開他……求求你……」

那雙綠眼睛憐憫又帶著疑惑地注視著她：「狄菲婭小姐，請冷靜些，我是格蘭蒂納。」

她愣愣地仰望著他，許久後，忽然像受到什麼巨大的驚嚇一樣，捂住了嘴。

格蘭蒂納伸手，拉她起身，她的手卻像空氣般從格蘭蒂納的手中穿了過去，漸漸變得透明。

她終於想起了自己是誰。

其實，她早就不是人了。那時，約蘭神對她說：「我可以賜給妳和神一樣的永生，或許有朝一日，妳還能見到他。代價是妳會永遠徘徊在天地間，不能轉生，即使妳待在離他最近的地方，妳也記不得他是誰。」

她答應了這個條件，就算只存有一線希望，她也不想放棄。

千百萬年來，她遊蕩在雲層之間，忘記了曾經的事，只記得她在找自己的園丁約靈。

她站起身，凝視著面前的精靈。

「我不能和你走，或許這幻象能帶我去見約靈，我要找到他。假如……我再也不能見到他，請幫我轉告他，對不起。如果他已經忘記了我，那就不要再提起。」

格蘭蒂納攔住她：「這個幻象很危險，先離開再說。」

狄菲婭向後退了兩步：「我想，如果我和你們在一起，可能誰都無法離開這裡。我記起了以前的事，也許還有什麼事須要我去做。」

她走了兩步，又轉過身：「你和那位龍先生都是好人，我不明白你們爲什麼要來這裡，這裡沒有什麼寶藏。你要當心那個和你長得一樣的人，他……」

她的話沒有說完，就突兀地消失在原地，好像一抹被蒸發的煙，沒留下一絲痕跡。

濃霧之中出現了一個人，他一抬手，四周霧氣消退，又變成藍天碧野，他站在菩提樹下，與格蘭蒂納對面相望。

格蘭蒂納看著那張熟悉又陌生的臉，開口問：「你，到底是誰？」

藍笑了笑：「我真的是你父親。」

格蘭蒂納緩緩地說：「八百多年前，有人曾告訴坎伯欽大主教，在某個地方，沉睡著魔王的屍體，那個人是你。」

藍爽快地承認：「對。」

格蘭蒂納接著說：「十幾年之後，暮色戰爭爆發，據說是有幾個盜墓賊挖開了暗夜始祖的墓地。這件事不是眞的，那些人其實是來到了這裡，打開了大廳中的石棺。」

藍沒有否認。

格蘭蒂納繼續說：「那天，把我扔進龍界的也是你，你為了讓我見到紫，讓我找到這裡。」

藍說：「沒錯。」

格蘭蒂納搖搖頭：「這裡沒有什麼寶藏。你也罷，紫也罷，都是為了把你們選中的人引來這裡，為了某個目的。」

藍欣慰地望著他：「你真是聰明，讓我有了一種身為父親的驕傲。不單如此，那個矮人從昏迷中醒來，說出寶藏的祕密、你的母親破產，讓你不得不前來尋寶，這都是我安排的。」看著面無表情的格蘭蒂納，他輕嘆了一口氣。「你現在一定在心裡罵我，若不是情非得已，我也不想那麼做。你的母親很優秀，生下的你很不錯。」

格蘭蒂納平靜地問：「你的目的到底是什麼？你叫藍，應該和紫一樣，是某種靈體，聽命於同一個人。」

藍瞇起了雙眼：「不，這次你錯了。」他抬手一撥，四周又紛湧變色。「我先給你看一些東西。」毛毛蟲從格蘭蒂納的皮囊中鑽出來，化作一隻紫色的蝴蝶，飛到藍的指尖。

肯肯抽出長劍，向著虛空用力劈去。

四周頓時颳起了罡風，空氣有一瞬間的扭曲，但一瞬間之後，它又恢復了原形。

魅王苦笑著說：「沒用的，小龍王，這是神力，我們無法突破，只能等待製造幻象的人把我們放出去。」

肯肯置若罔聞，繼續砍砍砍，半晌之後，依然沒有任何改變。

魅王在一棵大樹下坐下：「小龍王，先歇口氣吧，或許仔細觀察下，能找到幻象縫隙所在。」

肯肯再砍了幾下，收劍坐到樹下，魅王和他有一句沒一句地聊天：「對了，你和格蘭蒂納王子怎麼忽然鬧得勢不兩立了？都說仇恨易結，朋友難交，只要不是什麼殺父之仇、滅族之恨的大事，就不要太計較了。」

肯肯臉色鐵青，一言不發。

「我看，小龍王對格蘭蒂納王子，還是存了一些情面。」魅王接著溫聲說。「你們是不是有什麼誤會？要不要我幫你們說和說和？」

肯肯冷聲說：「不用。」滿眼的綠色，好像格蘭蒂納眼睛的顏色。「龍許下的誓言絕不改變，我一定會殺了他。」

用他的血，償還紫的命。

蝴蝶在藍的指尖搧動翅膀，流雲浮動，鋪展出華麗的情景。

高大的神殿浮在半空，衣飾華美的神祇來來往往。霞光流彩，雲靄繚繞，腳下的大地宛若鑲嵌著七彩寶石的碧玉，清婉的仙樂在天地間回蕩。

這是黃金般的年代，後世無數詩詞中頌揚的場景，無數歌謠緬懷的時光。

農夫們把豐收的作物堆滿糧倉，聚集到神廟舉行祭祀，高唱頌歌。半空中，一個年輕的神手拿木叉，垂目望著下方，露出微笑。

格蘭蒂納低聲說：「這是農神約靈？據說，他是最愛世人的神。」

藍露出嘲諷的微笑：「那時的天界眾神大都熱愛凡塵俗世，熱愛這個世界的萬物，殊不知，這就是禍害的根源。因爲愛這種情感，連神都不能自由掌控，倘若保持不了均衡，便會出現偏頗。有偏愛就會有輕視，有專注便會有執著。」

他手指一點，場景便轉到了一個湖邊，俊美的牧羊少年在樹下閉目小憩，女神悄悄降臨，隱身在空氣中，親吻他的雙唇。

藍冷冷地說：「看地上。」

女神親吻少年的瞬間，地面上出現了一個濃重的黑影。

那少年被女神青睞，卻渾然不知，他心中喜歡的，是鄰家和他一起長大的少女。她既不高貴，也不算漂亮，皮膚不白、眼睛不大、粗手粗腳，鼻梁上還有幾點雀斑。女神對自己說，她不可能嫉妒這樣一個少女，她只是不明白，少年爲什麼會看上她。

於是，她把少年攝進一座變幻出的莊園，對少年施了遺忘的法術，讓他忘掉那個少女，自己則變成一個普通的女孩，和他住在一起。

女神又用了迷惑的法術讓少年喜歡上了她，可即使這樣，她發現少年對她的迷戀和喜歡那個少女，仍完全不一樣。

女神很氣恨，那黑影時常出現，逐漸扭曲膨脹。

她已違反了天界的規定，有幾位神祇前來捉拿她。天界的眾神都和睦如兄弟姐妹，這幾位神一向與她感情很好。女神向他們哭訴自己的不甘，另一位女神便勸導她，凡人的生命都是有限的，這個少年俊美的模樣在幾十年後就會衰老，變得醜陋可厭，不值得留戀。

女神回到了天界，接受了懲罰，卻依然難以忘記少年。她的姐妹同情她，就偷偷對少年施展了法術，讓他可以永遠保持年輕的模樣，但永遠沉睡，在一個虛擬的空間中，只屬於愛他的女神。

女神的情敵少女，在少年失蹤之後拚命找尋，失足跌進河中而死。她的靈魂竟然化成了一隻螢火蟲，徘徊在少年沉睡的空間之外。

女神大怒，捻死了螢火蟲，少女的靈魂徹底消失。

這時，她腳下的黑影幻化成實體，飛出了天界。

那個幫過她的姐妹，爲她鳴過不平的神祇身邊同樣出現了這種黑影。

藍淡淡地說：「這只是其中的一個事例，這樣的事情，在天界越來越多。有些神因爲特別鍾愛某個地方，就讓那裡的草木不生蟲、河流不泛濫，結果卻打破了自然的氣場。譬如，吃蟲的鳥兒就沒了糧食，神用別的食物餵牠們，鳥兒便發生了變異。世界越來越紊亂，神的神性在逐漸消失。這個世界上本沒有魔，當神的神性出現了偏頗，就會有一個影子作爲均衡出現，魔就是迷失本性的神的影子。」

格蘭蒂納輕聲說：「史書說，神捨棄了世間。」

藍的神色有些苦澀：「那不過是遮掩的藉口罷了，不是捨棄，而是不能再留在這裡。這就是神愛上人的下場，可仍然有神不顧前車之鑒，繼續犯下錯誤，譬如約靈。」

他再度變幻場景，農神在神廟中愛上了狄菲婭，化成普通的少年進入凡人府邸，狄菲婭家的花草因此特別鮮艷，農神在夜晚偷偷讓已經死掉的葡萄苗復活。

他和一個隱藏在光中的人爭辯：「哥，你放心，我不會做出違反天界規定的事情，我只是愛她而已，不會迷失本性。」

天地間黑氣瀰漫，田園荒蕪，鳥雀與走獸變成了奇怪的模樣；黑影在世間肆虐，那些作為黑影本體的神祇已無法抵擋它們，逐步被同化。一些沒有迷失本性的神只能拿起武器，將他們斬殺。

在殺死自己好友或兄弟姐妹的同時，又有一些神迷亂了，於是混亂無休無止，天地即將崩潰。

約靈跪在染血的雲上，身上黑氣繚繞，他對面的神祇舉起手中的權杖，刺進他的左胸。約靈低聲說：「哥，對不起。」

殺死約靈的神抱住他的屍體，身上光芒潰散，露出眞實容顏。他綠色的雙眼寒冷如冰，臉上沒有一絲表情，手中法杖潰成湮塵。

格蘭蒂納定定地看著那張再熟悉不過的臉，木然轉身。

約蘭收起幻象，澀聲說：「千百萬年前，我不得不殺了我弟弟，自己也險些變成魔中的一員。這場浩劫，持續了十個天界的晝夜，在我也快要控制不住神性時，天帝阻止了這場動亂。浩劫之後，剩下的天界神都不願留在這裡，承受悲傷的煎熬，就回歸無盡的虛空中，重新尋找居所。」

格蘭蒂納沉默不語，約蘭笑了笑：「怎麼，覺得父親有點讓你意外？」

格蘭蒂納皺眉看著他：「你爲什麼會回來？」

約蘭神情複雜：「因爲那場浩劫的遺留問題。其實，我沒有殺死弟弟，我賭上全部的法力，擊潰了他體內的魔性，並護住了他的一點元靈。因我做了這件徇私的事，也差點魔化，幸虧當時天帝用法力洗淨了世間，約靈陷入了沉睡。浩劫之時，魔力實在太過強大，即使是天帝，也無法完全根除。我和其他神友把殘餘的魔物鎮壓，將約靈封在這裡，與這世界的其他空間隔開，留下納古拉斯等侍者看守，還把約靈心愛女子的靈魂留在他身邊，希望魔性會在這片地方漸漸消逝，約靈有一天能夠醒來。沒想到……」

沒想到約靈遲遲不醒，魔物卻重新滋生膨脹。

約蘭嘆息：「我曾魔化過，在浩劫之後已失去了絕大部分神力，自身也發生了很大變化。原本我很少說話，很多人都怕我，說我無情冷酷，後來神力少了，脾氣也變了，話也多了……」

格蘭蒂納譏諷：「大概當時魔氣入侵過腦子，腐變了。」

約蘭若有所思地說：「有這個可能。總之，我已無法應付魔力，且這個世間已不受約束，生靈要有自己抵禦魔力的能力，人界的神學院得到過天界元素操縱法則的眞傳，因此，我先找到了那裡，但沒想到，世間的觀念已經變了。」

大主教派出了幾個聖騎士前往地圖指向的地方，但目的是爲了尋寶而非除魔，而沒能除去魔力，反而激發了魔性，被魔力侵蝕喪生。

「我勉強壓制住魔力，百般無奈只得創造了紫，讓他去找龍。」

格蘭蒂納挑了挑眉：「那把鑰匙……」

約蘭泰然自若地說：「世間的價値觀已經變了，我想白白拯救世界的事，即使龍也不願意做。世間正好流傳著一個寶藏的故事，那麼就讓它變成眞的。」

紫奉命找到了紅龍王，卻不想紅龍王對寶藏根本不感興趣。這時，大主教派人前來尋寶，約蘭再也無法壓制魔力，導致了暮色戰爭的爆發。

「雖然這件事未按我的安排進行，但俗世中的幾大種族能攜手滅了魔，我很欣慰。」

格蘭蒂納無奈道：「但那次戰爭沒能把魔徹底清除，於是你繼續安排……你利用我的母親有什麼目的？」

約蘭凝視著他，帶著神的悲憫：「精靈是最接近神的種族，是自願留在世間的神侍後裔，所以你的母親才能生下你。格蘭蒂納，父親愛你，就像愛這個世間。這裡已承受不起第二次浩劫了，如果不把魔性徹底清除，會有百倍於昔日浩劫的結果，一切都將變成魔的糧食，包括你的母親。」

格蘭蒂納問：「你到底要我做什麼？」

約蘭沒有回答，只是又變幻出了一幅圖景。

◇6◇ 弒神

肯肯變回黑色的巨龍，在幻象中到處衝撞。

魅王坐在樹下，有些感慨地嘆道：「龍果然是一種暴躁的生物。」

「吼——」肯肯一爪子撓向天邊的一塊雲，嘎嘣一聲巨響，天地猛地震顫了下。

魅王站起身：「不會吧，難道瞎貓眞能撞上死耗子？」

那塊雲迅速裂開，整個空間霎時崩潰。

肯肯落到地面，重重噴了一口氣，四處望了下，變成人形。

這裡是剛才他們所在的那個大廳，裡面沒什麼變化，壁畫也還是原來的模樣，有個人已站在了大廳裡。

魅王向他笑了笑：「是伯父，還是格蘭蒂納？」

肯肯別過臉，聞味道他就知道，是格蘭蒂納。

格蘭蒂納答道：「是我。只有你們兩位？我父親和狄菲婭小姐不在？」

魅王點頭：「只有我和小龍王，不知伯父和狄菲婭小姐掉到了哪裡。我看這地方實在太邪門了，也不像有什麼寶藏，趁這個門還開著，我們趕緊撤出去再說。」

格蘭蒂納說：「先不急，我剛剛在那邊發現了一個暗門，等我父親和狄菲婭小姐……」

他話音沒落，魅王突然甩手拋出一道烏雲，向著格蘭蒂納和肯肯當頭罩下，同時猛地朝那暗門的方向撲去。肯肯正要拔劍，格蘭蒂納反手擋住他，指尖光芒一閃，只見魅王撲去的方向裂開了一個大口子，將他吞入其中，那道烏雲形狀的網粉碎，格蘭蒂納雙手畫出符咒，飛快地封住了裂口，彎腰從地上撿起龍牙和鑰匙。

「這個，是他從你身上偷的吧？」

肯肯這才記起，自己在震顫峽谷撿到鑰匙後就隨手裝了起來，沒想到魅王和他親熱地靠坐在一起，目的居然是偷竊。看著那把鑰匙，他心裡的仇恨再次翻騰起來。

格蘭蒂納轉身把鑰匙放到祭壇上，神座震顫，鑰匙上的寶石發出燦爛紫光，投射到神座後的牆壁上，牆上浮現出一個大門。

肯肯皺起眉。這扇門，和他曾經在夢裡見到過的寶藏大門一模一樣。

格蘭蒂納緩聲說：「閒雜人等都已經清理掉了，寶藏就在眼前，我想，應該先將我們之間的恩怨處理一下。」

肯肯盯著他：「幻象是你做的手腳？」

格蘭蒂納神色淡然：「鑰匙的能力比我想像的強，不愧吸收了紫大人的法力。」

肯肯瞇起眼，格蘭蒂納一次又一次地突破他的預料，貪婪、冷酷，爲了寶藏可以什麼都不顧。

「藍是你的父親。」

格蘭蒂納冷笑：「欺騙了我母親之後就逃之夭夭，我沒這種父親。」

肯肯冷聲問：「那狄菲婭呢？」

格蘭蒂納漠然地說：「她本來就是幽靈，待在這個空間和待在幻象中有什麼不同？」

肯肯不再說話，冷冷地瞪著他。

格蘭蒂納平靜地看著肯肯：「你不是說要殺了我替紫報仇嗎？現在就動手吧，若我僥倖贏了你，今後你再也不能提殺我的話，而我也會遵照諾言，將寶藏的一半分給你。否則，我怕進入藏寶地後，你會偷襲我，獨吞一切。」

肯肯生硬地說：「龍不會這麼卑鄙。」

格蘭蒂納取出一個小瓶：「我知道，你剛換完皮，又奔波勞累半天，消耗了不少體能，如果你覺得吃虧，我可以給你一點時間和這些體能藥恢復一下，我不想讓別人說我趁人之危。」

肯肯木然地取出劍：「沒關係，現在就行。」格蘭蒂納，格蘭蒂納，看似聖潔又高貴的精靈，卻比任何生物都要卑劣歹毒。龍在換皮之後，是最虛弱的時期，更是殺死龍的最好時機，這種機會，他當然不會放過。

格蘭蒂納露出淡淡的笑容：「慢著，在決鬥之前，最好先立一個生死契約。」

他取出一張金色的軟帛，上面寫著幾行字——

茲有立約人肯特洛爾・炎和格蘭蒂納・阿法迪，願在決鬥前立下誓言，不對決鬥中的死亡負任何責任，親屬同族不得復仇，不得做任何追究之事。此決鬥與龍族和精靈族沒有任何關係，永不會影響兩族間的友誼。

格蘭蒂納把契約和一枝筆丟給肯肯，契約的右下角已經簽上了格蘭蒂納的名字。

「請肯特洛爾殿下簽上你的本名，不要再簽肯肯那種毫無效力的名字了。」

肯肯漠然地應了一聲，在契約上寫上肯特洛爾・炎。

肯特洛爾・炎是他成年之後的正式名字，但肯肯卻是他的本名。

龍的本名，只有最親近的人才有權知道。

譬如可能成爲媳婦的人，譬如最親密的好友。

格蘭蒂納接過簽好的契約，滿意地折起收進隨身行囊，把行囊拋到一邊的牆角，取出法杖：

「開始吧。」

肯肯站著沒動，格蘭蒂納的法杖變成了一把銀白長劍，刺向肯肯咽喉。

肯肯看著那刺來的劍尖，心臟似被狠狠扯開——龍在換皮期，最薄弱的地方是脖子，他告訴過格蘭蒂納。

肯肯閃身避過劍刃，手中的光劍冒出烈焰，斬向格蘭蒂納。

劍身一沉，他的劍竟然徑直刺進了格蘭蒂納的身體。

肯肯有些怔愣，這一劍他並沒有使用法力，只是很普通地揮出，只要簡單地側身閃一下就能避開，爲什麼……

烈焰和光劍潰散，格蘭蒂納的血不斷地湧出，流淌進神座前的祭壇，祭壇泛起燦爛的光華。肯肯下意識地將格蘭蒂納抱進懷中，伸手去堵那血如泉湧的傷口。

廳中響起淒厲的呼嘯，牆壁上的壁畫迸出污濁黑霧，化成猙獰的魔影，扭曲咆哮。大廳劇烈地震顫崩潰，一股巨大力量將格蘭蒂納從肯肯懷中扯出，肯肯竟無法抵擋，眼睜睜看著格蘭蒂納飛進祭壇之中。

整座山峰劈開，半空浮現出一個光華環繞的身影。

他頭戴荊冠，手執權杖，俯視世間；抬手間，祭壇內血液化作的光芒升騰到半空，凝結成雲，刺破天地的龍嘯聲中，大雨傾盆。

整片大地都轟鳴起來，無數的魔物破土而出，在雨水的沖刷下消弭殆盡。

雨不停地下著，滲透大地，將污穢與霧靄蕩滌清明。雲消雨止，碧藍天上懸起一道彩虹，陽光下，被封存千萬年的土地重獲新生，濃綠遍地，百花絢爛開放，淡紫色的蝴蝶翩翩飛到肯肯眼前，半空的神祇降落到地面，垂目凝視在格蘭蒂納屍體前一動不動的肯肯。

「龍，你做得很好，世界從此不會再有魔物了，我的兒子亦算死得其所。」

肯肯緩緩轉身，看到那與格蘭蒂納一樣的臉上掛著微笑。

「我是山林之神約蘭，自從紫告訴了我你的能力，我便一直在注視著你，為了讓你與格蘭蒂納見面，為了今天，經歷了許多周折，現在總算圓滿結束。」

一直在注視……為了見面……為了今天……

一切都是預先安排好的，這個神，安排他來殺格蘭蒂納。

蝴蝶抓著格蘭蒂納的行囊送到肯肯面前：「小龍王，殿下讓我交給你的。」

行囊裡有那張契約書，還有一封信。

肯肯機械地打開信，看了看，又機械地闔上信紙，把它拋到一旁，繼續坐在格蘭蒂納身邊。

蝴蝶低聲嗚咽。

約蘭輕聲嘆息：「我不該有這種情感，可我竟然也有些痛心，大概是因爲他到底是我的兒子吧。」他抬手按上肯肯的肩膀。「龍，看開點，若不是爲了今天，我不會和他母親把他生下來。」

神不應該有多餘的情感，約蘭卻覺得臉上有些潮濕，之前，唯有在他親手將約靈送入沉眠時，才出現過這種狀況。

約蘭看了看手指上沾到的淚，喃喃地說：「唉，其實，沒什麼不可挽回的，再生一個就行了。」

□

天邊殘留著一絲淡紅，而在許多許多年前，浩劫時整片天空與雲都是猩紅的，分不清到底是神的血，還是霞光。

一個男子站在雲上，帶著悲哀神色注視著一切，莊嚴的長袍衣襬浸染了血跡，在風中飛揚。片刻後，他踏著雲向一座山飛去。山頂上，一隻巨大的黑龍正雙翼帶風、呑火吐電，將附近的魔物撕碎。

龍仰頭看見了男子，眯縫著眼收起翅膀，蹲到山頭：「你來做什麼？」

男子降落到他身邊：「有件事，想請你幫忙，除了你，沒有誰能做到。」

龍怪笑了兩聲，晃晃腦袋：「你是沒辦法收場了吧，你第一次來這裡的時候，我就知道，你不會帶來好東西，一定會搞出事情。」

男子遠望著黑煙瀰漫的大地：「你說的對，這些都是我的錯。現在，有一個辦法可以將這裡回歸本來的模樣，世間重獲自由，不再有任何約束，你願不願意？」

龍撐起眼皮：「喔？什麼辦法？」

男子取出一把劍，遞到龍的面前。

「因神性偏執而生出的魔，要用純正的神血才能清除。天地間，唯獨你有弒神的能力。」

黑龍愣了愣，幻化成一個黑衣黑髮的粗獷青年，皺眉粗聲說：「有沒有搞錯啊，你是天帝，找不到別的辦法了？」

男子平靜地看著他：「要是有，我會來找你嗎？」

黑龍像拿著什麼燙手的東西一樣接過那把劍：「可是……唉，早知如此，當初你又何必……」

男子望著蒼茫的天地，沒再說話。

在天空最高的雲上，黑龍舉起了劍，天帝的血化成雲，雨落人間，黑霧漸漸消散，一些有魔化跡象的神從迷亂中醒來，天地回歸本來的面目，沉寂中一切重新孕育。

□

肯肯，抱歉，紫的事，我很愧疚，願這次的事情能消除你的仇恨。別的不再多說，有兩件事希望你能幫忙。

一是幫我拜託哈里和路亞，多照顧我母親，精靈族中好男子多得是，趕緊忘掉某個人渣。

第二件事，是讓他們把族裡那些神典史書都燒掉，特別是《大約蘭書》。在這一點上學學魅族，好好賺錢，總有一天會富起來的。

你一定會找到好媳婦，相信精靈的預言。

希望你還把我當朋友的 格蘭蒂納·阿法迪

第七章

永恆承諾

1 暗潮

杜托城的下午異常悶熱，空氣中充斥著各種味道，實在不怎麼好聞。

羅斯瑪麗用法術在口鼻處加了道過濾空氣的屏障，視線在喧囂街道兩側逡巡，希冀能看到那個賣薄餅的老婦人。前幾天，她偶然買到了一種裹著巧克力粉的薄餅，這是她小時候最垂涎的零食，沒想到竟然會在這個城裡遇見。

可惜那個做薄餅的老婦人並不固定在一個地方擺攤，羅斯瑪麗這才會頂著大太陽四處尋覓。

杜托城坐落在海邊，一向濕潤多雨，到了夏季更幾乎每天都會有一場陣雨，氣候比內陸城市舒適許多。但不知爲什麼，最近的杜托城格外炎熱，已經很多天沒有下雨了。

也許因爲天氣太熱，老婦人根本沒有出攤，羅斯瑪麗決定找完這條街就回去。

就在這時，旁邊的一條暗巷裡傳出一陣吵鬧。

巷中一群七八歲大的孩子正在起勁地嚷嚷著拳打腳踢。

「打死她！打死她！」

「打死這個女巫！」

羅斯瑪麗走進小巷，孩子們見有大人過來，一時都停住了動作。

羅斯瑪麗看到牆角處蜷縮著一個小小的女孩，髒污的頭髮蓬亂，裸露在外的手臂和腿上滿是傷痕。她問那幾個打人的孩子：「你們爲什麼打她？」

一個胖少年挺了挺胸脯，大聲說：「她是女巫！我們要代表神消滅她！」

小女孩慢慢抬頭，露出一雙驚恐的黑眼睛：「我不是……」

她的確不是。羅斯瑪麗沒在這個小女孩身上察覺到任何特殊的氣息，她只是一個普通的人類。

「你們爲什麼說她是女巫？」

那群孩子七嘴八舌——

「她的眼睛是黑色的！」

「她有一隻黑貓！」

「我媽說，自從她和她媽搬來我們城裡後，就再也沒有下過雨了，一定是她們娘倆詛咒的！」

「昨天她從我家門前過，我家的雞就死掉了，她肯定是女巫！」

羅斯瑪麗這才發現小女孩身下還護著一隻幼小黑貓，已瘦得皮包骨頭，和主人一起瑟瑟發抖。

一個孩子向小女孩丟去一塊石頭，她嚇得連忙抱頭閃躲。羅斯瑪麗抬起手，那塊石頭便轉了個方向，飛到她手中。

羅斯瑪麗向目瞪口呆的孩子們微微笑：「卑微的人類啊，眞正的女巫，怎麼可能任由你們辱罵和毆打？」

她的指甲慢慢地變長，染上了漆黑的顏色。

「女巫，並不一定是黑眼睛，帶著黑貓哦。」

幾個孩童驚恐地尖叫，抱頭鼠竄而去。

羅斯瑪麗笑了笑，指甲恢復成正常的模樣，向牆角的女孩彎下腰：「好了，沒事了。」

女孩猛向後縮，淒厲地大叫：「女巫，別過來！」她懷中的小貓喵的一聲，躬起了脊背。

羅斯瑪麗無奈地直起身，唸了句咒語，女孩和小貓都昏睡了過去。

「妳又做無聊的事了。」

低沉的聲音響起，空氣中泛起漣漪，一道無形的屏障將小巷與外面的世界隔離開來，空氣裂開一道縫隙，從其中走出一個人。

羅斯瑪麗躬身行禮：「陛下。」

魅王垂目望向牆角的女孩和小貓，羅斯瑪麗輕聲解釋：「我只是想到了當年。陛下，那時若不是您，不知我會變成什麼樣。」

魅王牽了牽嘴角：「這個孩子與妳完全不同，她只是個普通人類，毫無價值，不可能成爲第二個妳。」

羅斯瑪麗俯身抱起女孩和小貓：「我明白，陛下，但您能否允許我做一些更無聊的事？」

魅王眉峰挑了挑，轉過身：「沒有任務時，妳的時間和精力可以自由安排。」

羅斯瑪麗嫣然一笑：「謝陛下。」

她洗去了女孩剛才的記憶，僞裝成喜歡做善事的闊太太，把她和小貓送回家，給了女孩的母親一筆錢，建議她去另一個城市做點小生意。

女孩的母親原本出身自好人家，少女時偷偷喜歡上了一個四處遊歷的異族青年，結果懷孕後情郎不知所終，她也被家族趕了出來。她生下了一個黑眼睛的女兒，帶著她輾轉流離，漂泊到這個城裡，希望能安頓下來，卻遭到了強烈的排斥。

「是哈德森太太請我教她女兒跳舞我才搬來杜托的，但是現在，連她都說我們母女是女巫，實在太荒唐了。我到過很多地方，從來沒人這樣誣蔑過我們。黑眼睛、黑貓就是女巫，我以為童話書裡的人才會信這個！哈德森太太早就認識我們了，還說過要認蘿拉當乾女兒來著……我覺得他們好像中邪了！」

女孩的母親向羅斯瑪麗滔滔不絕地傾訴了半晌，千恩萬謝地收下了錢，立刻收拾行李。

臨行前，羅斯瑪麗又送給她兩瓶藥水：「這個可以暫時改變眼睛的顏色，對身體沒有傷害，也許妳和妳女兒還會碰到這種事，它能幫妳們一點忙。」

女孩的母親收下藥水，連聲道謝：「您眞是個好人，夫人，您和您的先生會一生有福的。」

羅斯瑪麗瞥了一眼身邊變成普通人模樣的魅王，含笑說：「這位不是我先生，他是我的主人。」

女孩的母親愣了愣：「啊，抱歉……」

母女倆乘坐著馬車離開了杜托城，那女孩穿著新衣服，頭髮梳得整整齊齊，從車窗探身向羅斯瑪麗燦爛地笑著揮手。

羅斯瑪麗感慨地嘆了口氣：「偶爾做做好事，心情很不錯。」

魅王淡然地說：「很無聊。」

羅斯瑪麗微微笑著，目送馬車消失在道路盡頭。從那女孩身上，她彷彿看到了許多年前的自己，那時她也像那女孩一樣，天天被人打罵、詛咒；那些人中還包括她的家人，因爲整個家族中只有她有一頭紅髮，而且她還能看到別人看不見的東西。

在懵懂無知時，她常常把自己看到的說出來。比如外祖父頭頂有煙灰色的霧氣；比如有穿著黑斗篷的人在姨媽家門前徘徊。之後，那些人都接二連三地死掉了。

後來被打罵得多了，她就再也不敢說了。

她很喜歡養貓，但貓咪們都被父親和哥哥們用殘忍的手段殺掉了，母親一邊打罵她一邊警告，如果再養貓，她會像牠們一樣被殺死。

最後，她被鎖在一間小屋子裡，佣人每天會給她送點食物。過了一段不見天日的生活後，她覺得自己快要瘋掉了。一天，母親趁夜偷偷地放了她，塞給她乾糧、水袋和一點錢，對她說能走多遠就多遠。

教會要處死女巫，祖父讓父親把她交出去，打罵她最厲害的母親，心中終究憐憫自己的孩子，不忍心送她去死。

母親用顏料幫她染了頭髮，從城堡的地道把她送到荒野中。母親抱著她，第一次和她說對不起，還告訴她，她不是父親的孩子。當年父親愛上了別的女子，經常讓母親獨守空房。某天深夜，有個男子潛進城堡，被母親撞見，出於對父親的報復心，母親主動向他投懷送抱。母親說，那是她見過最英俊的男人，他有一頭酒紅的頭髮。

後來，她出生了，帶著一頭和那個男人一模一樣的紅髮。

幾年後，母親在聖教會的通緝令上見到了那個男子，聖教會稱他為夜魔，數月之後，母親聽到了夜魔被聖教會圍剿消滅的消息。

母親從此生活在驚恐中，害怕那件陳年舊事被查到，更害怕自己的女兒有一天會變成魔物。

她問母親：「那妳爲什麼不殺掉我呢？」
母親哭著說：「我怎麼可能殺自己的女兒。」
正因爲母親的這句話，讓她心中沒有了怨恨。
那天夜裡，她在荒野中拚命地跑，想著盡量離家遠一些。太陽升起時她怕被人發現，便扎進草叢中躲藏好，拿出乾糧填飽肚子，這時候，一隻藍灰色的貓邁著優雅的步子走近了她。
她猜牠是被她手中的麵包吸引來的，便掰下一塊遞給牠。她撫摸著貓柔軟的毛皮，低聲說：「你也要記得躲起來呀，別被人看見了，你和我都是他們想殺掉的。」
貓兒吃掉了麵包，舔舔鬍鬚，竟然開口說起話來：「那麼，妳想不想過不用躲藏的日子？」
她驚呆了，眼睜睜看著那隻貓幻化成俊美少年，俯視著狼狽不堪的她：「妳的名字是什麼？」
她呆呆地回答：「羅斯瑪麗。」
少年向她伸出手：「羅斯瑪麗，從今天起，來侍奉我吧。」

憶起往昔，羅斯瑪麗的神思微微有些恍惚，當魅王問她已經跟隨他多少年的時候，她愣了一下才回答：「一百二、三十年了吧。陛下，怎麼突然問起這個？」她隨即想到了。「您是不是覺得，現在杜托城的人族中開始滋長的一些觀念，與我童年的時候有些像？」
說起來是很奇怪，在她從家中逃掉後沒多久，人族中大規模迫害女巫的事情突然消失了，紅頭髮啊、養貓啊，都不是什麼禁忌了。
魅族設在杜托城中的據點已有百年歷史，羅斯瑪麗到過這裡很多次，此前並沒有聽說城裡有忌諱黑眼睛、黑貓或者是憎恨女巫的事情。

好像最近突然興起來的一樣。

人族的個性也彷彿受了悶熱天氣影響，有些不安定。

她輕聲詢問：「陛下，需要我查一下嗎？」

魅王沒有回答，轉而問：「最近，龍族或精靈族那邊有什麼異動？」

羅斯瑪麗搖頭：「暫時沒有。陛下一直不肯說尋寶的結果，我也沒敢問。是不是小龍王和精靈王子把寶藏聯手吞了？若他們還在回去的路上，我們也不是沒有機會。」

魅王沉默著，過了片刻，突然笑了笑：「我忽然也想做點無聊事了……按理說，這個世界是存在還是毀滅都和我們沒有太大關係。」

羅斯瑪麗立刻接口：「怎麼沒關係，陛下，這個世界如果沒了，我們會少賺很多錢呢。」

魅王嘆了口氣：「妳說的很有道理。」他頓了頓，低聲續道。「羅斯瑪麗，那頭傻瓜龍殺了精靈王子，如果不出我所料，精靈族和龍族會在幾天之內開戰。這個世界又要大亂了。」

2 談判

「啪嗒——」

有水滴跌落水面的聲音。

肯肯在黑暗中隱約看到前方有一汪發亮的清水。

水面的上空不斷有水珠滴落，泛起一圈圈漣漪。

再一個震顫，那漣漪中竟然湧出了紅色。

猩紅，血的顏色。

一圈一圈擴散著，那持續的水滴，原來就是一滴滴的血。

肯肯沿著水滴滴落的軌跡向上望，虛空中，躺著一個人。

是格蘭蒂納，他面容恬靜，好像正在沉睡。肯肯記得在旅途中每次休息時他都是這樣睡著的。

格蘭蒂納左胸處插著一把劍，猩紅的液體從劍痕處湧出，一滴滴落下。

那是他的劍，是他親手刺進去的，刺進格蘭蒂納的身體。

肯肯似乎聽到自己的嘶吼聲，在很遙遠的地方響著。

猩紅色擴散到整個世界，他的腦中一片茫然，只不斷地重複著——

格蘭蒂納死了，被他親手殺死了……

「啪」一聲脆響，肯肯猛一震，猩紅色的世界金星閃爍，慢慢裂開一條縫隙。

他的身體劇烈地搖晃著，貼身掛著的鑰匙鍊墜敲擊著胸膛，他聽見一個熟悉的聲音在嘶吼：

「你這隻死崽，給我醒過來！龍族中沒有你這樣的軟骨頭！」

肯肯終於緩緩地睜開眼，看到母親正在對著他噴火，接著腦袋挨了重重一爪子。

「這副死樣子算怎麼回事？那個精靈是不是你殺的？你爲什麼要殺他？紫現在在哪裡？你給我站直了像條龍好好說清楚！」

幾位長老拚命阻攔暴怒的阿詩曼，你一言我一語地勸解。

「女王陛下請息怒。」

「此事定有隱情。」

「紫大人也突然消失了，這件事絕不簡單。」

「肯特洛爾殿下一定受過巨大的刺激，請讓他先平復一下情緒。」

阿詩曼又在肯肯的頭殼上敲了一記：「他已經平復了七天七夜，精靈族就要打到門口了，他還要怎麼緩和情緒！」

肯肯木然移動目光，這裡不是寶藏的所在地，而是龍界。

因察注意到肯肯終於有了點反應，驚喜地衝到他身前：「殿下，不管發生了什麼事，你能不能先放開精靈王子的遺體，讓他回到精靈族安葬？」

肯肯身邊飄浮著一個光團，那是他的龍魄凝聚而成的光，裡面是格蘭蒂納的屍體。

幾天前，龍族發現肯肯和紫從龍界消失都非常擔心，特別是剛剛換完皮的肯肯，身體比較虛弱，萬一在外面遇到危險怎麼辦？恰好女王回到了龍界，知道這個情況後立刻帶著幾個長老親自尋找。他們沿著肯肯的氣息追蹤到大海盡頭的陸地，結果看到了肯肯和格蘭蒂納的屍體。

當時肯肯的精神陷入了混亂，誰也不認得，只要有人靠近就會攻擊。龍族諸人不知道發生了什麼事，又找不到紫，百般無奈之下，只好使出搬運法術，把肯肯和格蘭蒂納的屍體帶回了龍界，並寫信告知精靈族王子去世的噩耗。

精靈族相當憤怒，已經派出使團前來龍界。

女王和長老們都憂心忡忡，此次事件很可能引發龍族和精靈族的全面戰爭。兩大種族的戰力非凡，若當眞拚盡全力，不免又是一場生靈塗炭。所以，龍族這邊迫切地想要知道事情的眞相。

可是，唯一知道眞相的肯肯卻喪失了神智。

此刻，因察看到肯肯好歹知道轉轉眼珠了，立刻迫不及待地詢問：「紫大人去了哪裡？精靈王子他怎麼會被殺了？」

肯肯緩緩地動了動嘴唇：「紫，死了。」

周圍的龍都屏住了呼吸。

他接著說：「紫，死了。我以爲，是格蘭蒂納殺的，所以我，殺了格蘭蒂納。」

他聽到母親厲聲追問紫爲什麼會死，長老們也在問到底有什麼隱情。

肯肯木然地坐著，好像沒聽到一樣，一動不動。

他又挨了母親幾耳光，臉頰火辣辣的，嘴角有腥甜的味道。母親和長老們都在逼他放出格蘭蒂納的屍體。

肯肯心中很疼，可是，他卻想永遠停止在這一刻。

因爲，下一刻，可能會失去所有。

「陛下。」阿詩曼女王的兄長索里親王匆匆趕來。「精靈族的使團抵達龍界了，他們帶著戰書，要求我們立刻交出王子的屍體。」

阿詩曼向著肯肯的方向瞥了一眼，嘆了口氣：「告訴使團，龍族一定會歸還王子的遺體，我們還是以和談爲主吧。」

精靈們穿著深色喪服，神色悲痛而肅穆，在索里親王的引領下進入宮殿。

龍宮中已換下了所有明艷的顏色，鋪上了石墨色的地毯。

哈里走在精靈使團最前方，當他踏進龍宮正殿時，上首的王座上，一個年輕女子站起身。

她有一頭棕紅色長髮，身材高挑，式樣簡單的深褐色長裙包裹著窈窕身軀，有一種異樣的奢華。除了頭頂冠冕外，她沒有佩戴其他首飾，雍容嫵媚的氣質中混合著少女般的純粹，絕色無雙。

「精靈族的諸位，誠摯地歡迎你們來到龍界，我是阿詩曼・炎。」

哈里上前一步，將手按在胸前，躬身行禮：「女王陛下，我是精靈族的祭司哈里，奉瑟琪絲女王之命，代表精靈族來到龍界，希望龍族歸還格蘭蒂納王子的遺體。肯特洛爾・炎殺死了我們的王儲，這件事或許不得不通過一些不太和平的手段來解決，因血而起的仇怨終將以血消弭。」

阿詩曼立刻回答：「沒錯。肯特洛爾・炎已經承認殺了格蘭蒂納王子，這件事目前看來是我們龍族有錯，我們會對精靈族做出應有的賠償，但我不希望此事引起戰爭，希望精靈族接受我們的賠償與和談。」

哈里冷冷地說：「格蘭蒂納殿下的身亡，於我們不亞於滅族之痛，任何賠償都不可能使殿下起死回生，所以，也毫無意義。」

「如果是讓肯特洛爾．炎償命呢？」阿詩曼的神色肅然。「這樣還不能讓你們平息憤怒的話，加上我也行。但這件事還有些細節尚未查明，倘若證實的確是肯肯的錯，我們母子就任憑你們處置。這樣的賠償，精靈族是否能夠接受？」

在場的精靈們全體緘默；龍族的大臣則紛紛失色，顫聲阻止。

「陛下，萬萬不可！」

「陛下，怎麼能做這種決定？」

克祿親王的鼻孔冒煙，牙縫噴火：「這件事，錯絕不在肯肯身上！肯肯帶那小子來過龍界，待他如何，有眼睛的都能看到！因爲那小子的舅舅當年幹下的破事，不便讓他留在龍界，他居然殺了紫洩憤！眞和他舅舅一路貨色！小肯肯當然要替紫報仇，我這個舅舅要讚他一句，幹得好！」

幾個龍族大臣一起上前按住他：「親王息怒，以和爲貴！」

克祿親王暴跳如雷：「和和和！再談和小肯肯就沒命了！誰敢動他一塊鱗片試試看！算帳？本王的妹夫現在還在水晶裡睡著，要死不死，要活不活，是誰害的!?不妨就把老帳、新帳一併清算，廢話少說，要打就打，看看到底誰滅族！」

精靈們臉色灰敗，哈里慘然一笑：「女王陛下，看來已沒什麼好談的，請把王子的遺體還給我們，戰場相見吧。」

索里親王一爪按住克祿親王，往他嘴上貼了一道封咒，冷靜地說：「各位，十分抱歉，舍弟血脂旺盛，說話不經大腦，請無視他，我為他方才的失禮道歉。但這件事的確有很多疑點，肯特洛爾和格蘭蒂納王子交情頗深，王子死後，他十分悲痛。我覺得此事必有隱情，不如先查明眞相，再商討處理的辦法，如何？」

哈里的語氣失去了精靈一貫的平和，帶著一絲尖刻：「恕我冒昧，龍族所謂的調查，也只不過是想找到更多理由開脫而已。王子與紫大人無怨無仇，為什麼要殺他？那位紫大人的能力，精靈族也領教過，王子怎麼能殺得了他？你們居然捏造出這種謊言來誣蔑他，眞是荒唐至極！」

索里親王道：「是不是誣蔑，查後才知。你們的王子沒殺紫，那麼肯特洛爾為什麼會殺他？此事並非我龍族護短，七天前，女王與我族幾位長老到達所謂的寶藏之地時，看到的就是自我封閉的肯特洛爾與格蘭蒂納王子的遺體，再沒有其他人在場。如果我們藏有私心，完全可以告訴精靈族，王子是意外身亡，何必寫信主動承認？」

哈里寒聲說：「明明是肯特洛爾‧炎為了獨吞寶藏，謀殺了殿下。你們在寶藏之地發現了王子的遺體和他？簡直一派胡言！六天前，有人親眼看到肯特洛爾‧炎在追殺我們的殿下，他是歸途中被殺的！」

龍族眾人皆愕然。阿詩曼斬釘截鐵地說：「絕不可能，我敢以整個龍族的性命和名譽發誓，七天前，我和幾位長老到達寶藏所在之地時，格蘭蒂納王子已經死了，我和長老們合力將王子的遺體和肯肯用搬運之法帶回了龍族。」

哈里冷笑：「那麼，難道證人在六天前看到的是鬼？」

他擊掌三下，使團中走出一名裹著斗篷的精靈。哈里掀去他身上的斗篷，精靈的身體急劇縮小，變化成一個矮人。

「這位阿魯．達達是矮人貴族達達王公的長子。龍族的諸位應該都知道，我們精靈族與矮人素來不甚和睦，所以這位證人，不可能是我們雇來誣蔑肯特洛爾．炎的。」哈里側轉身。「達達閣下，能否向龍族述說一下你見到的事情。」

矮人清了清喉嚨：「六天之前，我趕車兜風，在人類國家海立亞邊境那一塊的荒原上，遇見一頭黑龍在追一個精靈，銀頭髮、綠眼睛的。」

矮人說，他看到那個精靈最後和黑龍打了起來，他當時怕被波及，就趕緊離開了那個地方。

哈里冷冷地補充：「精靈族的男子中，只有王子擁有這樣的外貌。」

龍族之中，目前只有肯肯是純正的黑龍。

因察喃喃：「這絕不可能，出事之後，所有的龍族都在龍界之內。」

索里親王問：「達達閣下，你看見黑龍人形的模樣了嗎？」

矮人立刻說：「看見了，他一下變成人，一下變成龍，變成人的時候，頭髮有這麼長。」他用手在身上比畫了一下。「手裡拿著一把冒火的劍。」

索里親王說：「達達閣下，如果再讓你看到那條黑龍和那位精靈，你能不能認出他們？」

矮人肯定地說：「當然可以。」

阿詩曼做了個手勢，因察匆匆離開，索里親王對哈里和矮人說：「兩位，請隨我來。」

哈里與矮人跟隨在阿詩曼與索里親王之後，穿過龍宮，走進一條蜿蜒的隧道。

隧道的盡頭是一處平坦的山坳，隱祕幽靜。

哈里的呼吸停滯了，他看到了格蘭蒂納的屍體。

格蘭蒂納躺在一團金色的光中，懸浮在草地上。在他的身邊，一群化成人形的年輕雄龍或站或坐，都有著黑色的長髮，穿著黑衣。

矮人指著格蘭蒂納的屍體大叫起來：「是他，就是這個精靈。衣服和那天的不太一樣，但絕對是他！」

哈里渾身燒灼著仇恨，恨不得立刻祭出法杖，奪回王子的屍體。但在矮人指認之前，他只能壓抑著悲憤的情感。

索里親王問：「那麼，與他起衝突的黑龍，是這其中的誰？」

矮人仔細看了一圈，茫然地說：「這裡面沒有。」

哈里加重語氣道：「請看清楚。」

矮人揉著眼，來來回回看了幾次，再度肯定地搖頭：「沒有，這些都不是。」

阿詩曼走上前，揪著領子拎起肯肯：「這就是我的不肖子肯特洛爾‧炎，請再仔細看一看。」

矮人無比肯定地說：「絕不是他，女王陛下，那條黑龍比較像他爸，個兒比他再高些，身板要魁梧多了，看起來和這位親王年紀差不多大。」

在場的龍族表情都有些古怪。

索里親王問：「你確定？」

矮人斬釘截鐵地答：「當然，絕對肯定。」

哈里僵硬地問：「這該如何解釋？」

索里親王和阿詩曼對視一眼，索里親王說：「只有一個解釋，這位達達先生看到的並不是格蘭蒂納王子和肯特洛爾，而是另一條龍和另外一個與你們王子長得一樣的人。」

哈里搖頭：「無稽之談，龍族之中，只有肯特洛爾．炎是黑龍。」

阿詩曼嘆了口氣：「有件事，使臣閣下應該清楚，我們龍族和人族曾有一個延續八百年的聯姻契約。這場聯姻，讓龍族失去了七位龍王，否則也不會輪到我坐在這個位子上。」

哈里沉默。雷頓王國把每隔百年與龍族的聯姻視爲詛咒和災禍，但其實這場聯姻，龍與人到底誰更悲劇，眞的不好說。

娶了人族女子的龍王後來都失蹤了，沒有一位龍王能夠在位超過一百年。

阿詩曼看了看一動不動坐在地上的肯肯，神色有些哀傷：「龍的一生，只會認定一位配偶，永遠忠誠，不離不棄。但，人的一生實在太短暫了，配偶永遠離去的時候，龍的心也跟著死了。偉大的炙炎陛下、他的弟弟烏蒙陛下、後來的龍王們，都承受了這種心死的痛苦。我也差點體會到。當失去了那個人，世上的一切對龍來說都再也沒有意義。」

哈里微微動容，遲疑地問：「那麼那些龍王們……」

索里親王說：「烏蒙陛下沒有像炙炎陛下那樣，追隨他的配偶離開。他和後來的龍王們在配偶死後就從龍界消失，再無音訊。」

哈里怔了怔，難道達達看到的……

天空中陰雲聚攏，打了幾個悶雷，下起淅瀝的雨。

阿詩曼抬頭看了看天：「最近龍界的天氣越來越反常了。」

索里親王道：「可能是肯肯的情緒影響了天氣變化。」

雨已成傾盆之勢，索里親王用法術替哈里和矮人撐起一片遮雨的光罩。

肯肯一動不動坐在大雨中，但包裹住格蘭蒂納屍體的龍魄外卻自動隔開一個空間，屏蔽了雨水。

哈里早就聽說，龍族選擇龍王，看重的是龍天生的資質，大部分龍王都是戰力最強的炎雷系，能夠操控天氣。

阿詩曼揚手在肯肯頭頂加了一道光罩擋雨，向哈里道：「我們回去繼續談吧，不用理會這孩子，反正他也不會動。」

哈里望著雨中的肯肯，憤恨的心忽然有了一絲柔軟，他一驚，告誡自己這也許是龍族的苦肉計，不能上當。於是他轉過身：「不只是龍族，最近外面的天氣也是這樣忽晴忽雨，可能因爲今年夏天比以往熱吧。」

一行人剛剛轉回隧道，就看到黃龍外交大臣匆匆迎面而來。

「陛下，人族聖教會的長老烏代代在龍界外請求覲見。他是代表雷頓王國來與龍界交涉的，聲稱又有一頭龍搶走了雷頓的玫蘭妮公主。」

烏代代長老矗立在大殿中央，像一座矮小卻敦實的燈塔，半禿的腦殼便是那塔頂的明燈，熠熠生輝。

「龍女王。」他甕聲開口。「老夫謹代表聖教會，來與你們交涉。龍與雷頓的聯姻已經解除，你們卻不守約定，又綁架了公主。雷頓王室與聖教會不想把此事鬧大，破壞了人族與龍族之間的和平，所以請你們立刻釋放公主。」

精靈使團成員在一側冷眼旁觀。

阿詩曼女王說：「長老閣下，所有的龍族成員這兩天都在龍界之內，不可能去搶公主。」

烏代代長老瞇起犀利的小眼睛：「可是雷頓王宮的很多人都親眼目睹，那頭火焰色的龍好像偷大米的老鼠一樣，抓了公主就跑。」

阿詩曼的神色變了變：「火焰色？這絕不可能，先王炙炎陛下駕崩後，龍族已經八百年沒有出過火焰龍了。」

3 持續衰運的雷頓王室

一年中最炎熱的時候又來臨了，每當此時，就有一股不安定的情緒在他體內蠢蠢欲動。

這種情緒名叫——掠奪。

吼，夏天到了，要去搶個媳婦了！

他趴在樹杈上，窺視著下方。

清晨的庭園，百花初綻。炎熱尚未來臨，空氣中飽含濕潤，舒適涼爽。

花叢中，站著一個他平生所見最美麗的雌性。

她在和另一個雌性聊天。

「公主，聽說最近又有惡龍搶民女的事情出現了。」

喔，原來她是「公主」。他興奮地眯起眼。

「……而且挺奇怪的，那些被搶的女孩子，第二天又給送了回來，據說沒有受到任何傷害，不過她們以後也不好嫁人了吧。陛下應該加強王宮的防衛。」

她笑了笑，他覺得她笑得有點憂鬱。

「不用，就算是惡龍，看到我這副樣子也會立刻跑掉的。」

另一個雌性激動地說：「公主，您怎麼能這麼說呢？公主是阿卡丹多最嬌艷的玫瑰，連精靈都如此讚頌。」

「那是他眼光出了問題。」她擺擺手。「哪有我這樣的玫瑰啊。」

他很贊同她的說法。

他一點也不喜歡玫瑰，不明白它究竟美在哪裡。

玫瑰都是刺，又扎舌頭又不好吃，還瘦巴巴的，都不夠塞牙縫，根本不配用來形容她的美貌。

他舔了舔嘴唇。

晨曦中，她的臉頰好像剛出爐的白麵包，鼓鼓的。金髮彷彿豐厚的黃油，兩頰還點綴著美味的蘋果醬。

包裹著白色紗裙的曼妙身軀，讓他想起趕集時才能見到的棉花糖。渾圓的玉臂，如同塗著厚厚奶油的蛋糕捲。

這是他見過的，第一個可以用「美麗」來形容的雌性。

在此之前，他遇到的那些全都又乾又柴，好像硬邦邦的樹杈，寡然無味。他完全沒有想到，世上竟有如此的佳人。

只一眼他就決定了，她便是命中註定要和他過一輩子的媳婦！

來吧，吾愛！

侍女依然在喋喋不休：「公主，如果覺得蘋果減肥餐沒什麼作用，要不要試下紅豆薏仁瘦身粥……」

正在這時，她看到一個奇怪的東西，飛到了公主面前。

那東西乍一看，好像一隻火紅色的蝙蝠，但身體又和蝙蝠長得不太一樣。侍女拽下圍裙奮勇地揮舞：「滾開！」

「你……」玫蘭妮公主怔怔地看著這隻眼熟的小東西。「你是肯肯的親戚？」

紅色的小龍口中吐煙，在空中畫出一個心形，飛到她面前，用力拍打翅膀，玫蘭妮公主忍不住對他伸出手。

「肯肯和格蘭蒂納還好嗎……」

她的話音未落，身體突然騰空而起，紅色巨龍展開雙翼，馱著玫蘭妮公主直衝雲霄。

侍女被強勁的氣流吹倒在地，歇斯底里地叫起來——

「快來人啊！公主被龍搶走了！！！」

□

「難道是紅龍王陛下的幽靈搶走了玫蘭妮公主？」哈里插話。「否則要如何解釋這件事？」

阿詩曼臉上籠上一層寒意：「閣下，請尊重我族先王，即便今日龍族有虧欠精靈族的地方。」

烏代代長老瞥了他一眼：「精靈，我聽說了你們和龍族的恩怨，不過無論如何，紅龍王爲了整個世界的和平而犧牲，他是偉大的龍王。他，以及他和暮色騎士的感情都不容褻瀆。」

哈里躬身行禮：「我爲我冒失的話道歉。」他發現自己越來越無法壓抑負面的情緒，決定繼續保持沉默。

烏代代長老接著說：「我相信龍女王的話。也就是說，連龍族都無法確定這頭龍的身分。根據我們聖教會的情報，此龍是一頭慣犯，在此之前，大陸各國發生過多起少女被擄的案件，罪犯都是一頭火焰色的龍。」

□

嚯嚯嚯——

他馱著媳婦開心地向著老窩前進，在空中耍了個華麗的花式：「媳婦，我帥嗎？」

媳婦抓著他的手貌似有點顫抖，聲音斷斷續續：「我……我頭暈，嘔——」

媳婦吐了。

一手按著胃部，一手扶著大樹，吐了個稀里嘩啦，他抱著前爪很心痛地看著。

「妳是不是吃壞肚子了？我抓隻田鼠給妳補一補吧。」

媳婦猛轉過身：「你是貓嗎？抓田鼠！你就不能飛穩點嗎？上上下下，鬼才不會吐！」

原來，媳婦是不習慣他華麗的飛行。

他立刻說：「那我以後飛慢點。」

媳婦緊盯著他：「你到底是肯肯的什麼人？你要帶我去哪裡？」

他認眞地說：「當然是帶妳回窩裡，我們一起過日子！」前半句他聽不懂，乾脆不予理會。

媳婦美麗的眼睛將信將疑地看著他，好像白麵包上兩顆動人的葡萄乾，繼而噗哧一笑：「你眞會開玩笑。一定是肯肯和格蘭蒂納有事要請我幫忙對不對？」

媳婦的話實在莫名其妙，不過，吐完之後還能這麼精神，身板眞結實，他喜歡！

媳婦從旁邊的小溪裡捧起水漱了漱口，主動攀登到他背上坐下。

他穩穩地升空，平穩地前進，體貼地問媳婦：「這樣可以嗎？」

媳婦的聲音聽起來很開心：「很好啊，謝謝你，對了，龍界是不是很大，很好看？」

他得意地笑起來：「妳是說我們的窩？對，可大了，是那一帶最好的山窪！妳不喜歡吃田鼠，那麼到家之後，我煮蛤蟆湯給妳吃吧。」

「嘔——」

媳婦好像又吐了……

天空中不知何時聚集了大量的烏雲，下起大雨，他急忙停在一處小山坡上，張開翅膀，給媳婦當雨棚。

雨越來越大，天地朦朧一片，電光閃爍，雷聲隱隱，安安靜靜地站在他翅膀下的媳婦忽然開口說：「對了，我還不知道你的名字呢。」

他歡欣鼓舞。**一定是一路上無微不至的關照，讓媳婦更愛我了！**於是，他高高興興地回答：「我叫雷炎，媳婦可以叫我雷雷。」

□

「陛下。」龍宮大殿上，拉科一臉謹慎地開口。「臣祖父的日記中有所記載，炙炎陛下在遇見暮色騎士之前，的確很風流……」

索里親王反駁道：「但炙炎陛下不是那種讓母龍懷孕之後，不負責任的雄性。眾所周知，他喜歡小孩，陛下駕崩後，龍族亦曾細緻搜尋過他有沒有遺留下後代。」

當時主持搜尋的是紫和烏蒙陛下，他們把整個世間翻了個底朝天，應該沒有遺漏。

阿詩曼按了按額角：「長老閣下，我族與精靈族之間的恩怨是現在的頭等大事。當然玫蘭妮公主的事情我們也會鄭重對待。這樣吧，讓幾條龍和您一起去人間調查，您看如何？」

烏代代點了點頭：「那再好不過。」

「那麼。」阿詩曼神色一正。「長老可否讓那位跟著您潛入龍界的朋友不要再閒逛了？」

烏代代長老咔咔笑了兩聲：「女王陛下，那個小朋友和老夫無關。他偷偷跟了老夫一路，只是爲了進入龍界。精靈族的諸位可能更清楚他的身分。」

阿詩曼聞言，抬手在空中畫了一個圓，圓形之中映出了一幅圖景。

一隻紫光流溢的蝴蝶翩躚飛到肯肯面前。

暴雨已止住，蝴蝶落到格蘭蒂納的遺體上，化成了一條綠色的毛毛蟲。

□

「這就是你家？」玫蘭妮震驚地看著眼前。

青翠的小土坡上，綿羊們正在悠閒地吃草；土坡下，是大片的田地，飽滿的麥穗一片金黃，遠處的村落中正升騰起裊裊炊煙。

這地方怎麼看也不像龍界。

「以後就是咱們的家了，媳婦。」雷雷挺起胸脯。「看那邊，那個洞，就是我們的愛巢。這一帶都歸我罩，誰都不敢欺負妳。」

玫蘭妮有點結巴：「肯肯和格蘭蒂納在哪裡？這裡不是龍界嗎？」

紅龍從鼻孔中噴出一股氣：「媳婦，妳在說什麼？我聽不懂。」

玫蘭妮不由慌張起來。難道，紅龍搶她當媳婦的事不是開玩笑的？看樣子，他真的不認識肯肯和格蘭蒂納……哎呀，原來自己真的被惡龍搶親了……

「喂，龍哥——」

一個七、八歲大的男孩帶著一頭牧羊犬遠遠地跑來，到了近前，側頭打量了一下玫蘭妮：「她就是你這次找回來的媳婦？」

雷雷嘿嘿笑了一聲：「米克，我媳婦美吧！」

米克鼓了鼓腮：「她長得好像氣球！」

雷雷鄭重地說：「是像蛋糕。」塗滿奶油的迷人蛋糕。

米克翻翻眼睛：「反正就是那種鼓囊囊的東西。你回來就好，大家都等你開工呢。」

雷雷伸伸四肢：「媳婦，我要去工作了！妳等著我！」

玫蘭妮還來不及說話，紅龍已經展開翅膀，俯衝向山下的麥田。他身體迸發出一圈白光，田中的麥子一排排齊刷刷地倒下。紅龍再在天上打了個圈，一道旋風捲起了所有麥子，飛速地旋轉著，金黃的麥粒像水流一樣從旋風中淌出，在空地上形成高高的一堆。旋風向遠處捲去，陡然停住，脫光了麥粒的麥殼和麥稈整整齊齊地碼放成另一堆。

玫蘭妮捂住了嘴，這太神奇了。

米克一臉見慣不怪地說：「這是小意思啦。」

紅龍再度飛到農田上方，呼地噴出一口火焰，田中殘餘的麥梗化成了灰燼。

米克拍拍手：「好了，今天完工了。」

紅龍蹲在田中，向這邊撲搧翅膀，米克一臉老成地推推玫蘭妮：「龍哥在等妳哩，跟我下去吧。」

玫蘭妮跟著男孩走向山下的村莊，忍不住問：「爲什麼他會幫你們幹農活？你們不怕他嗎？」

米克一本正經地說：「龍哥是我們村的一員啊，他在我們村裡好多好多年了。我媽說，利多老頭把還是蛋的龍哥撿回來，然後他就在我們村裡長大了。龍哥可受歡迎了，又帥又能幹，我們村好多女孩子都想嫁給他。」他翻著眼皮看看玫蘭妮。「喂，大胖妹，說眞的，我覺得妳挺醜的，配不上龍哥，不知道龍哥爲啥會看上妳。」

玫蘭妮的嘴角抽了抽：「我也不知道他爲什麼會看上我。不過小鬼，我年紀比你大多了，所以你要喊我大胖姐，不是大胖妹。」

米克一臉被噎到的表情，哼了一聲扭過頭。到了村頭，他高聲嚷叫：「媽媽！龍哥又帶新媳婦回來了——」

一個正在大樹下忙碌的中年婦人直起腰，看到圓滾滾的玫蘭妮，明顯吃了一驚。她在圍裙上擦了擦手，走上前拉住玫蘭妮的手，和氣的笑容裡帶著歉意：「姑娘是被阿龍搶來的吧？別怕，這孩子就是頑皮，沒有壞心的。」

中年婦人是米克的母親薩妮，她對玫蘭妮說，不知爲何，今年夏天紅龍比較躁動，老想著娶媳婦，四處搶姑娘。可惜那些姑娘看不上紅龍，都哭鬧著要回家，紅龍沒辦法，就全給送回去了。她安慰玫蘭妮，在村子裡吃個晚飯、睡一覺，壓壓驚後，第二天就叫紅龍把她送回家，這趟就當是來農村郊遊了。

玫蘭妮不由得滿頭黑線，看來，村人已經習慣招待被龍搶來的媳婦了……

薩妮引著玫蘭妮走進一間小巧的木屋。

「這是老利多的家，就是他把阿龍撿回來的，因此這裡也算是阿龍的家吧。」

木屋窗邊的搖椅上，一個鬚髮皆白的老頭兒正閉著眼打瞌睡，薩妮把玫蘭妮拉到他面前，笑著說：「老利多，阿龍的媳婦來了喔。」

老利多睜開滿是皺摺的雙眼，上下打量了一下玫蘭妮，抖抖索索地佝僂著脊背站起身：「唉，阿龍這孩子，又淘氣了，買這麼大個白麵包回來。」

薩妮哈哈笑：「不是麵包，她是個人啊，是阿龍帶回來的媳婦。」

老利多瞇著眼睛，半晌才點點頭：「哦，媳婦啊，媳婦好！」又坐回搖椅中，閉上眼，輕輕地打起鼾。

薩妮拍拍玫蘭妮的手，低聲說：「別介意，老爺子一百多歲了，腦子和耳朵都不太清楚。」

小木屋的門突然被重重推開，一個身材挺拔的紅髮少年闖進屋內，向玫蘭妮燦爛一笑：「媳婦，活幹完了，我們去吃飯吧！」

玫蘭妮愣住，少年亂七八糟的頭髮在夕陽中像燃燒的火焰，面容俊朗神采飛揚，耀目得令人移不開視線。

她訥訥道：「你是……」

少年俯視著她，露出潔白的牙齒，一臉得意：「怎麼了媳婦，被我帥得呆住了嗎？」

4 九和一

「小龍王！小龍王！是我啊，你還認得我嗎？」

毛毛蟲趴在肯肯身上抖動著觸鬚，妄圖把他從濃重的黑暗裡喚醒，可肯肯一點反應也沒有。

毛毛蟲正急得團團亂轉，突然看到一堆的龍族、精靈族惡狠狠地向他撲了過來，甚至連人族的烏代代長老的禿腦殼都在其中。

毛毛蟲被奔擁而來的殺氣嚇得縮成一團，跑得最快的哈里一把抓起他：「你之前到哪裡去了？這條龍殺死王子的時候，你是否在場？」

毛毛蟲定定神，在哈里的手中化成紫色的蝴蝶，輕盈地飛起：「哈里大人，請克制一些，小龍王無須對格蘭蒂納殿下的死負任何責任。」

他張口吐出一個光球，光球漸漸變大，哈里看到裡面包裹的是格蘭蒂納一直隨身攜帶的行囊。行囊自動打開，肯肯與格蘭蒂納的契約以及格蘭蒂納最後的書信飛了出來。

毛毛蟲傷心地說：「這一切，都是約蘭大人的安排，格蘭蒂納殿下必須爲了這個世間而犧牲，命運早已註定。」

「抱歉……」哈里掩住淚流不止的雙眼。

王子的眞實身分、約蘭神的安排、上古眾神相殺的眞相，讓在場的精靈與龍都又震撼又愕然。

哈里向龍族深深躬下身：「非常抱歉，我們不知道事實眞相，做出種種錯誤而失禮的舉止，實在無顏面對諸位……」

他的腦中一片混亂，不知回去後該如何告訴瑟琪絲女王這些眞相。

阿詩曼滿臉不解的怒氣：「那個約蘭眞的是神嗎！世上哪有這麼毒的爹，竟然算計著殺自己的兒子！」

蝴蝶落到格蘭蒂納身上，哽咽辯解：「約蘭大人是為了整個世間……」

哈里沉聲問蝴蝶：「約蘭神在哪裡？」

即使他是神，即使是王子的父親，他也必須就此事，給瑟琪絲女王一個解釋。

蝴蝶又變化成毛毛蟲的模樣：「世間已再無陰霾，約蘭大人自然要追隨其他諸神的腳步，離開此世。」

也就是殺了兒子之後，一拍屁股跑路了？哈里心中憤恨，卻是毫無辦法，轉身單膝跪在肯肯面前，哀傷而肅穆地說：「肯特洛爾殿下，事情已眞相大白，精靈們不會怨恨您，請將王子的遺體還給我們，讓他回歸到土壤中安息。」

垂首坐在地上的肯肯對哈里的話毫無反應。阿詩曼大步上前，抬起手，狠狠一巴掌搧在肯肯臉上：「少繼續做這副死樣子丟龍族的臉！給我滾起來！」

龍族的長老們再度撲上前拉住狂暴的女王，近在咫尺的哈里也不能不管，只好幫忙，結果不知道被哪位長老撲打到了好幾下，眼眶都青了。

一片混亂中，毛毛蟲抖著觸鬚說：「其實，殿下他，或許還有救。」

聲音雖小，卻如石破天驚，眾人如被雷擊一般瞬間靜止。

索里親王率先開口：「當眞？」

「小的只是說，有這個可能……」毛毛蟲扭動了一下。「小的之所以偷偷地留下來沒有跟約蘭神離開，就是因爲捨不得殿下，想要救殿下。」

哈里頓時有種想掐死他的衝動：「你爲什麼不早說？」

毛毛蟲縮了縮：「小的是覺得，先解釋原因，再說這件事，比較符合順序。」

連一向冷靜的索里親王都有點想掐死他了，他努力和藹地問：「喔，那你知道該怎樣做嗎？」

毛毛蟲抖抖觸鬚：「殿下的血統一半是神，一半是精靈。他的神之血已經被用來淨化世間了，精靈體內藏有自我癒合的能力，如果能夠徹底洗去他的神性，激發這種能力，說不定可以……」

阿詩曼恍然：「我知道了！就和肯肯洗去人族血統，變成純正的龍族是一樣的。」

毛毛蟲的觸角點了兩下：「殿下的身體由於封存及時，可能還沒有陷入完全死亡的狀態，但如果已經衰竭，那就沒救了。」

「你爲什麼一開始不說？」

一直動也不動的肯肯突然出聲，此時的他，混沌的目光已完全恢復了原有的清澈。

毛毛蟲瑟縮了一下：「我不敢呀，約蘭大人鐵了心要犧牲殿下，他覺得精靈的身體有獻祭的能力，神力和精靈的能力混在一起，會有更大的效果，這才決定讓殿下出生。就算殿下還有最後一滴血，他也會放乾淨的。」

看到肯肯清醒，龍族諸人都面露喜色，只因精靈王子還生死未卜，不好表現太過。

「臭小子，你終於肯醒了！」阿詩曼拍了肯肯的後腦一記，又揉了揉他的腦袋。「先把王子的身體放出來，看看還有沒有救。就算只有一線生機，我們也不放棄。」

包裹住格蘭蒂納的金紅色光芒終於開始漸漸減弱，最終化成一塊薄毯，托著格蘭蒂納降落到地面。

哈里撲過去，看到格蘭蒂納面容雖然蒼白，但並未有死亡的灰敗，左胸的傷口流出的血痕還是濕潤的，甚至還沒來得及凝固。

索里親王低聲說：「龍魄是龍的生命精元，再沒有什麼比它更有保護的作用。」

毛毛蟲吸了吸鼻涕，欣喜地說：「殿下活過來的希望很大！」

待眾人確定完畢，肯肯立刻再度把格蘭蒂納的身體用龍魄包裹起來。

哈里捏住毛毛蟲：「你知道救殿下的具體辦法嗎？」

毛毛蟲扭動著說：「小的不太清楚啦……總之，只要能徹底激發殿下的精靈屬性就可以。」

阿詩曼的眼睛亮了亮：「我想，用我們在元素池中洗肯肯的那種方法應該就行吧！」

烏代代長老甕聲插話：「萬物都是由元素構成，理論上來說，只要催動元素的力量，就能改變體能。不過，精靈王子已經陷入死亡狀態，自身沒有能力，必須依靠相當強大的外力。神是所有元素的操控者，如果改造這位半神半精靈的體質，恐怕要催動所有的元素能量。」

龍與精靈的法力雖然遠遠高於人族，但談起元素學說，始終是傳說中得到神之眞傳的聖教會最爲權威。

哈里虛心向烏代代討教：「我們雖然信奉神意，但對世間元素的構成並不甚瞭解。請問長老，所有的元素能量究竟有多少？」

烏代代深沉地說：「不論世間有多少元素，所有的元素合在一起，必定爲一。」他舉起手中的棍子，指向天空。「看，這天、這日、這空氣，皆是元素的組合，它們都是一。」

索里親王瞇了瞇眼：「長老可不可以講得淺白點。」

烏代代咳了一聲：「聖教會最古老的典冊中，有一句歌謠，當九個太陽聚集到一起，天空將誕生新的星辰。這句歌謠的意思是，九，便能創造。將九種同樣的力量聚集在一起，就是新的一。」

哈里的雙眼迸發出了光彩：「九種同樣的力量，並不難找！那，是要什麼樣的力量？」

烏代代說：「自然是越強越好。」

阿詩曼笑了笑：「元素池是龍界之物，用龍族的力量可能會更好一些。如果精靈族同意的話，龍族願意幫忙。」

哈里感激地向阿詩曼深深彎下腰：「感謝女王的慈悲。不過我們不能作主，必須把這件事稟告給瑟琪絲陛下，請陛下來決斷。」

烏代代摸摸光禿禿的腦門：「如果龍族出手，那是最好不過。龍的能力超脫於神力之外，老夫以爲，如果用炎雷龍的能量，成功率會更大！」

索里親王面露難色：「龍族裡炎雷系的龍並不多，目前族中湊不到九條……」

阿詩曼笑了笑：「要湊足九條炎雷龍，也不是沒有可能。既然我們決定要救精靈族的王子，全體龍族都應該全力以赴。」

索里親王愣了愣：「陛下的意思是……」

在這個世間，的確恰好存在著九條最強的炎雷龍。
阿詩曼・炎、肯特洛爾・炎，還有流浪在外的七位退位龍王。

5 人間的龍王

空氣中，湧動著獨特的音波。

白皚皚的雪山頂峰，一個雪堆動了動，一頭深藍色的巨龍從厚厚的雪層中抬起頭。

已經有多少年了，沒有聽到這熟悉的來自龍族的召喚之音。

在這個世界上，能令他牽掛的，除了不知在何處的她的靈魂之外，只剩下龍的血脈中，共同的羈絆了。

那聲音在呼喚著，玄厷陛下……

龍瞇起了眼，他早已不再是龍王了，就連玄厷這個名字，也已經有五百年來未曾被呼喚。

巨龍仰起頭，發出一聲清嘯，展開了雙翼。

□

「哈嘿，哈嘿！」

火紅的巨龍拖著特製的鐵犁，刨完了最後一塊田地。

紅龍跳到空地上，變成了紅髮的少年，接過玫蘭妮手中的毛巾擦擦汗，露出潔白的牙齒：「媳婦，妳辛苦了。」

雷雷心疼地拉著媳婦的手往屋裡走，媳婦皮膚這麼細膩，如果黑了、瘦了，就沒那麼美貌了。

「媳婦，我切火腿給妳吃。」

屋子裡，老利多依然在窗邊的搖椅裡打瞌睡。

雷雷走到櫥櫃邊，翻出一大根火腿，拎起菜刀砍成塊，在鍋裡放入黃油，把切塊的火腿丟進去滋啦滋啦地煎。牆角水盆中冰著煮好的奶茶，雷雷煎完火腿，又切了一塊麵包，在爐上加熱。

玫蘭妮目瞪口呆地看著他手腳麻利地做著這些事，眼前的這個明明就是一個勤懇的農家少年嘛，根本無法想像他是龍。

雷雷把切好的肉和麵包放在桌上，倒了兩大杯冰奶茶：「媳婦，來，吃吧！」

他又倒了一些奶茶在小錫壺中，放到爐子上加熱，再把一塊烤麵包的硬皮揭下來，只留下柔軟的內瓤。

玫蘭妮納悶地問：「這是……」

雷雷嘿嘿笑了笑：「利多咬不動硬麵包，也喝不了涼東西了。」

他把麵包擱到利多搖椅邊的小桌上，大聲叫醒利多，看他慢吞吞地拿起了麵包，這才回到桌邊坐下，抓起一塊麵包皮塞進嘴裡，含糊地說：「媳婦，妳吃肉。」

玫蘭妮切了一塊火腿嚐了嚐，煎得恰到好處。她稱讚了一句，雷雷的雙眼立刻亮了，再把盤子往她面前推推：「多吃點。妳喜歡的話，我這輩子天天給妳做飯。」

玫蘭妮寒毛倒豎，趕緊扯開話題：「你怎麼會做這麼多事？」

雷雷滿不在乎地說：「我一百多歲了，在人類裡頭，我跟利多都是老怪物了。」

「村裡的人好像對你很好啊。」

雷雷抓了塊火腿塞進嘴裡：「一開始，他們說我是怪物，讓利多丟掉我，還說要殺了我剝皮。利多告訴我，如果我好好幹活，他們就會喜歡我。後來我個子大了，幹活多，他們就對我好了。」

玫蘭妮試探著說：「但是，村子外的人不會說什麼嗎？」即使村民可以接受這頭龍，她也不覺得其他人和官方可以容忍。

一頭龍在一個村莊裡存在了一百多年，居然沒被發現，這事有些不可思議。

雷雷抓抓頭：「村外的人一般發現不了我。我的窩在那邊的山上，很大很隱蔽。」

玫蘭妮笑了笑：「就算他們發現了你，也不是你的對手吧。」

雷雷搖搖頭：「我不和人類打，太弱了。打比自己弱太多的，沒意思。」他往玫蘭妮的盤子裡又放了一塊火腿。「媳婦，多吃點。我會抓野豬，煎魚、烤肉我都會，妳跟著我，絕對吃得飽。」

玫蘭妮有點想笑：「你爲什麼會喜歡我啊？我這麼胖，一點都不漂亮。」

雷雷用亮亮的眼睛注視著她：「媳婦，妳是最美的！我小時候，有次差點餓死了，利多不知從哪裡弄了一塊白麵包給我……我看見妳的時候，感覺就像當時看見那塊麵包一樣。」

柔軟的、白色的，無與倫比的美。

玫蘭妮的臉抽搐了一下，雷雷一把抓住她的手：「走吧，我帶妳去我們的愛巢！」

暮色的餘暉中，少年化身成比晚霞更耀眼的龍，揹著她盤旋而起。

當絢爛如錦的雲彩飄浮在身邊，玫蘭妮忽然有了一種拋開一切、陷入幻夢的不真實感。

她閉上眼睛，呼吸帶著放肆自由的晚風。

風忽然猛烈了，她睜開眼睛，發現在不遠的前方有幾道巨大黑影迅速地向他們飛來。是龍！和肯肯、雷雷一樣的龍！

一條銀白色，一條深藍色，還有一條體積較小的綠色龍。

三條龍把玫蘭妮和雷雷圍住，盤旋著。

雷雷粗聲說：「你們，讓一讓，老子正在帶媳婦散步，別擋路。」

三頭龍打著圈審視著雷雷，深藍色的龍噴了一口氣：「這小子哪來的？爲什麼我們一點都不知道？」

銀白色的龍擺了擺尾巴：「不可思議，居然眞的是火焰龍。」

雷雷的聲音帶了幾分不耐煩：「喂，你們到底讓不讓？」

銀白龍問：「你的父母是誰？爲什麼在人界？搶公主的就是你？」

雷雷不屑地齜了齜牙齒：「關你們啥事？」

深藍色的龍笑出聲，渾身冒出藍霧：「囂張的小子，讓我看看你到底是不是火焰龍！」

三條巨龍從三個方向猛地撲向紅龍！

雷雷怒吼一聲急旋而起，玫蘭妮尖叫著抱緊了他的脖子。

七彩絢爛的雲朵自天邊遙遙而來，龍界的大門緩緩打開，路亞站在雲上，看到了走在龍族長老之前的哈里。

路亞向龍族彎下身：「多謝各位出手救助格蘭蒂納殿下。我帶來了女王的感謝與禮物，不論王子是否能復生，精靈族都將銘記龍族的友誼與恩德。」他有些歉然地補充。「我們精靈族已被貧窮困擾了許多年，希望這些微薄的禮物不會讓龍族覺得寒酸。」

龍族的長老自然又是一通官面的客氣話。

就在龍族長老準備引領路亞等精靈進入龍界大門時，遙遠的天邊突然傳來喧囂。電光、雷鳴、打鬥聲，由遠及近，赫然是幾頭巨龍正在激戰。

一條深藍色和一條銀白的巨龍正在合力圍攻一頭火紅的龍。火龍孤軍奮戰，居然絲毫不見敗勢，昂首擺尾，搧開藍龍吐出的霧氣，噴出火焰，將白龍的冰劍瞬間融化。

另一條綠龍盤旋在戰圈外，背上揹著一個粉色與白色相間的圓球狀物體，向這裡快速飛來。紅龍怒吼一聲，企圖撲向綠龍，被藍龍和銀龍前後夾擊堵住，狂躁地左衝右撞。四散的雲朵一瞬間都向他身邊聚攏，轟地化成撲天火焰，落下滾滾火球。

龍界之中突然掠出兩道影子。

強大的威壓鋪天蓋地，幾道縱橫的雷光瞬間撕碎了火雲，一道棕黑色影子向紅龍當頭罩下，探爪按住了他脖頸。

紅龍嘶吼著搖頭擺尾，另一道銀灰色影子拋出幾道帶著火的電光，縛住紅龍，繩子越收越緊，紅龍的身體隨之越變越小。棕黑的影子化成了一個三十餘歲的成年男子，身著一襲棕黑色衣衫，半像戰甲半像長袍，拎著最終變成家貓大小，仍然在不斷吐火噴煙的紅龍，輕笑了一聲：「好有精神的小傢伙，族中居然又有了火焰龍？」

藍龍降落地面，化爲索里親王，恭敬地回答道：「謄光陛下，這孩子是我們半路上遇見的，我們也不知道爲什麼會有一條龍流落在人界，還是一條火焰龍。」
被稱爲贍光陛下的男子揚起了眉：「呵呵，這倒有趣了。習岈，我們之中你最風流，不會是你耐不住寂寞，和哪條母龍有了私生子吧。」
銀灰色的龍也幻化成了一個男子，一身銀色的甲冑上遊走著電光，冷冷地說：「我一生的誓言已奉獻給了羅瑟琳，請不要開這種玩笑。」
眾精靈遠遠地看著，心中無限震撼。
如果沒有猜錯，這兩位就是已失蹤多年的龍王，贍光．炎和習岈．炎。
龍族果然沒有說謊，紅龍王之後的先代龍王們都還在世間。
贍光與習岈是烏蒙之後的兩位龍王，路亞曾聽過他們的逸聞。
七百年前，龍族中同時出現兩條實力相當的炎雷龍競逐王位，最終，銀雷王習岈先登上王位，搶回公主，幾十年後不知所終。棕焰王贍光繼任爲龍王，再去搶公主，幾十年後又離開了龍界。
看來幾百年過去了，這兩位龍王之間的感情仍然不太好。
習岈擰起眉：「還沒有找到烏蒙陛下？」
索里親王默默地點頭。
贍光晃了晃手中的紅龍：「正好來了個代替品，先進去吧。」
綠色的龍盤旋著飛近：「幾位陛下，她怎麼辦？」
紅龍在贍光手中嘶吼：「媳婦——」
粉白相間的球體動了動，遠處的路亞揉了揉眼，這才看清那球體居然是個人，依稀還挺眼熟……

哦，是他曾經見過的雷頓公主玫蘭妮。

爲什麼她會在這裡？

習峒眉梢挑了兩下，膽光脫口而出：「這是個什麼？」

玫蘭妮挺直脊背，微笑著說：「不好意思，我是人，閣下。我叫玫蘭妮，雷頓國的公主。」

雷雷掙扎著：「放開我的媳婦！誰敢動她我就烤了誰！」

膽光團起一個光球塞進雷雷嘴裡，堵住了他的聲音，上下打量玫蘭妮：「妳是雷頓的公主？感覺眞複雜。」

玫蘭妮的感覺也很複雜，這兩位先代的龍王，應該算是她的曾曾曾……姑爺爺吧。先輩的曾曾曾曾……姑祖母們應該早已化爲了煙塵，可龍們依然這樣年輕。

在龍漫長的一生裡，人的青春和生命就像蜉蝣朝露般短暫，那些前代的公主們，如果眞的愛上了龍，又是以怎樣的心情在年輕的龍身邊慢慢衰老，走向死亡？

綠色的龍馱著她飛進了龍界，不羈的風迎面撲來，充滿了龍的氣息，自由的、熱烈的，她這樣的凡人無法抓住。

她擔憂地看向膽光手中的雷雷，小紅龍一邊掙扎，一邊探頭望著她。

一個溫柔的聲音在她耳邊低聲說：「放心吧，公主，他不會有事。」

玫蘭妮轉過頭，看見習峒正飛在她身旁。龍王銀灰色的眼眸中，她的影子愚蠢可笑，她不禁低下了頭。

龍王溫聲說：「對不起，是不是我讓妳感到驚慌了？如果妳愛著那個孩子，他會很幸福。妳的氣息和羅瑟琳很像，妳頭髮的顏色也很像她。」

羅瑟琳公主，被龍擄走的公主名冊中第二頁就是她的畫像，玫蘭妮艷羨地記起她窈窕的體態和甜美的面龐。

她不禁唐突地問道：「您很愛她？」

龍悲傷地笑了笑：「不只是愛，她就是我全部的生命。」

6 圈套

龍族的王宮中，氣氛肅穆。

七位龍王立於大殿正中。因黑龍王烏蒙仍未到場，銀雷王習岬站在最上首，棕焰王賸光與他並肩而立，然後是冰雷王玄厷、金龍王泱烈、地明王封丹、破空王締克都，阿詩曼女王站在最末。

雷雷躺在地上不甘心地掙扎著，龍王們垂目望著他，習岬說：「好像真的是炎雷系的火焰龍。」

玄厷疑惑：「這孩子到底是打哪裡冒出來的？」

賸光呵呵笑：「真的不是我們中誰的私生子？」他抬手收回雷雷口中的光球。「喂，小子，你到底叫什麼名字，爹媽是誰？」

雷雷昂然回答：「老子的大名叫雷炎，沒爹沒媽。」

習岬喃喃道：「這個名字，你還真敢起。」竟然與紅龍王炙炎的名字只差一個字。

阿詩曼沉聲道：「烏蒙陛下依然不見蹤影，即使肯用龍魄封住了王子的身體，時間拖得太久，恐怕也不利，不如……」

突然出現的火焰龍，雖然身上謎團重重，眼下卻是最好的替補。

習岬負手看著中氣十足、不停咒罵的雷雷：「這個孩子雖然來路不明，但個性直爽，不像陰險之輩，既然時間緊迫，姑且讓他替補吧。精靈族的諸位意下如何？」

路亞隱隱有些不放心，但格蘭蒂納的情況已容不得拖延了，便點了點頭：「聽憑龍王處理。」

膽光俯身拎起紅龍，彈彈他的腦袋：「喂，小子，我們來談筆買賣吧。你幫我們做一件事，我們就放了你，讓你去和那個胖姑娘自由戀愛，怎樣？」

肯肯帶著格蘭蒂納的屍體來到了元素池邊。

陽光下的元素池平凡得就像一個普通水池，清透無垢的池水彷彿一大塊水晶，池底的石縫中隱隱可見青苔。

浸泡在池水中易筋換骨的疼痛，肯肯深深地記得。

格蘭蒂納，能否熬住這樣的痛苦？

他的手撫慰地握住了胸前的鍊墜，包裹在龍魄中的格蘭蒂納緩緩升起，懸浮到水池上空。

烏代代在池邊畫好元素陣，九條炎雷龍依次站到指定的位置。最弱且不安定的雷雷站在肯肯之後的末位，不甚耐煩地說：「喂！你們答應我的，這事辦成就讓我和媳婦自由戀愛，但那個禿瓜老頭卻說要帶我媳婦回娘家，這要怎麼整？如果敢忽悠我，老子就不幹了。」

肯肯出聲：「你們在一起，她也要回娘家。」

「呃？」雷雷愣了愣。

肯肯淡淡說：「結婚，要得到父母的肯定才能幸福。」

雷雷環視其他的龍王：「眞的嗎？」

龍王們都沒吭聲，肯肯說：「他們都不夠幸福，希望你可以。」

雷雷有些困惑地抓抓頭：「這樣啊。」他想起村裡那些男人娶老婆的時候，好像的確都得到了岳父和岳母的同意與祝福。

他也有信心能說服岳父！他一定會給媳婦一個圓滿的婚姻！

雷雷抖擻精神：「好吧，可以開始了！」

習帥緩緩唸誦起啟動元素池的法咒，格蘭蒂納身上的龍魄一點點褪去，緩緩沉入池中。

肯肯閉上雙目，火焰與雷的氣息開始釋放。

元素池的水如煮沸了一般翻騰起來，九條龍的氣息直沖天際，碰撞在一起，匯成刺目的白色光柱向元素池中墜下。

就在此時，天上忽然裂開一道縫隙，一隻藍灰色的貓從縫隙中躍出，瞬間化成一抹藍影，甩出一道寒芒。

寒芒融進光柱中，向著格蘭蒂納筆直刺去！格蘭蒂納的身體泛起淡淡的金色光暈，反彈開寒芒。藍影在強大的龍氣中口吐黑血，墜落地面，寒芒跳出水面，掉在池沿邊，是一把鋒利的匕首。

九條炎雷龍都沒動。法力釋放的時刻，半點差錯都可能釀成想像不到的慘劇。

魅王跳起身，向著離他最近的地明王撲了過去。

一道冰鋒將魅王截住，是索里親王及時出手。魅王一閃身，身體居然化成了一股輕煙，又衝進了火焰與雷光之中，迸出數道寒光。

那些寒光尚未接觸到水面，便被彈了回來。喃喃的吟誦聲響起，烏代代長老揮舞著木棍，數道金光纏住藍灰色的煙霧，將之扯離法陣，煙霧在草地上又變成了貓，喵嗚一聲，掙斷光繩，渾身鮮血淋漓。

光繩在空中聚攏，變幻成一輪鋒銳的齒輪，快速斬向貓形的魅王。

空氣中漾起波動，躍出一個婀娜的身影，一把抱起魅王，堪堪避開光輪，向著元素池的方向大聲喊：「小龍王，趕緊停下這個儀式！王子不能——」

轟！

元素池激起數丈浪花，龍王們的法力徹底爆開，掩蓋住了羅斯瑪麗的喊聲。光輪盤旋又至，羅斯瑪麗感到了它寒鋒逼近的涼意，卻已無法躲避——

一條強健的手臂平空出現，一把抓住光輪，接著，一個黑衣黑髮的男子慢慢顯出了形體。

男子垂目看著羅斯瑪麗，魁梧的身軀在強大的法力爆裂中巍然矗立。光輪在他手中崩潰，他皺了皺劍般的濃眉：「你是魅族，爲何在龍界？」

索里親王和龍族的長老們失聲：「烏蒙陛下？」

男子轉頭看向元素池，滿臉不解：「這是在跳哪門子大神？」

羅斯瑪麗張了張嘴，元素池再度翻起巨浪，高高的水柱托著格蘭蒂納沖天而起，白光被迅速吸進格蘭蒂納體內。

烏蒙忽然瞇起眼，怒吼一聲，化成巨大的黑龍，吐出一道閃電，擊向半空中的格蘭蒂納。閃電在觸碰到白光的一瞬間潰滅，烏蒙被九龍的法力彈開，憤怒地狂吼：「住手！你們爲什麼要送他法力！！！」

羅斯瑪麗跟著高喊：「快住手，你們是在進行——」她的聲音突然卡住了，與烏蒙的聲音一樣，驟然消失。

九條炎雷龍都睜開了眼，但此刻他們已無法停止，也不能停止。

白光繼續瘋狂地沒入格蘭蒂納的身體。烏代代長老舉棍擋格住烏蒙的攻擊，手中的木棍變成了華彩燦爛的法杖，矮小身軀在淡淡光暈中拉長，半禿的腦殼上出現了飄逸長髮，面容迅速改變。

是與格蘭蒂納一模一樣的臉。

九龍的力量之外，另一股強大的氣息鋪張擴散。

神的氣息。

一直在旁觀的路亞無法控制身體的顫抖。神的氣息引起了精靈的共鳴，他不由自主想要對那萬丈光芒跪拜。

至高無上的山林之神，約蘭。

矮人達達的證詞浮現在他的腦中，黑龍……在追一個和王子一模一樣的人。

習峒率先收住了法力，踉蹌後退一步，發現法力依然不受他控制地瘋狂傾瀉。

其他幾位龍王都慘白著臉色，他們與習峒的情況相同。

雷雷咆哮一聲，將傾瀉法力的雙掌猛地擊向托著格蘭蒂納的光柱，轟的一聲巨大的爆裂聲響起，紅龍騰空而起，居然眞的收住了法力。

約蘭微微笑了笑：「也罷，這些已經夠了。」

他抬手在空中畫了一個圈，九龍的力量隨之在空中團成了一個巨大光球，包裹住格蘭蒂納，那光中遊走著一絲淡淡的黑色，越來越濃。

烏蒙的牙齒咬得格格作響。

就是這個氣息！就是他！

八百年前，戰爭的最後，他與兄長終於看到了魔祖的眞面目，就是眼前這張臉！

他忘不了這魔的可怕。

龍、精靈、矮人、人類……所有強者聯合起來都不是他的對手。最後，精靈王用了自毀的方式，暫時引開了他的注意，兄長抓住那一瞬的機會把劍刺進了魔的左胸。

代價是兄長的半邊身體被撕裂，龍的心臟受到了損傷，身體的傷口永遠無法恢復。

但現在，這魔又回來了，比以前更強大。

烏蒙的身體居然無法動彈，所有的龍、所有的精靈、這裡所有的生物，都被定格在了原地，一動不能動。

魔已經成爲空間的主宰，即使這裡是龍界。

約蘭含笑欣賞著光團之中的格蘭蒂納，像欣賞一件最完美的作品。刺眼的光芒終於全部沒入格蘭蒂納體內，他緩緩睜開了眼，站起身，原本綠色的眼眸變成了接近黑的暗紅。

約蘭抬手撫上他的臉：「很好，完美至極。」

格蘭蒂納月光色的長髮也漸漸變成與瞳色相同的暗紅，臉上露出與約蘭一模一樣的微笑，彷彿是鏡子內外的同一個人。

約蘭把手按上格蘭蒂納的額頭：「腐朽的世界終須淨化與重生。」

站在格蘭蒂納身後的肯肯突然抬手，手中頓現的長劍毫不猶豫地刺穿格蘭蒂納的身體，扎入約蘭的胸膛。

「戲劇該謝幕了，父親。」

7 魔現

約蘭的表情未變，把目光投向肯肯：「乖兒子，你眞是淘氣，原來你藏在這條龍的體內，來和父親開玩笑。」

「肯肯」淡然地說：「其實，有幾件事我一直覺得疑惑。父親要用我的血來淨化世間，但即便我的身體中藏有神性，也一直被精靈的特性壓制，並非純正的神血。二則，父親千方百計地設計讓肯肯殺我，說是爲了讓天帝淨化世間的事例重演，未免牽強。天帝的法力至高無上，所以只有請龍弒神，但我連神性都沒有顯露，父親動手殺我應該很容易，何必兜一個大圈子。再者，神殿之中的那個石棺，按照父親的說法，裡面應該沉睡著農神約靈，約靈未消失，石棺卻是空的。那麼，約靈在哪裡？」

「肯肯」笑了笑：「所以，我在想，那石棺中的，眞的是約靈嗎？」

約蘭藹聲問：「你懷疑父親騙你？」

格蘭蒂納緩聲說：「傳說，農神離開世間前將最寶貴的財富埋藏了起來，也埋葬了摯愛。世人都以爲，所謂摯愛指的是農神對那個凡間女子的愛情，埋藏起來的，是農神爲她準備的珍寶。其實他們都猜錯了，農神埋葬的，是他摯愛的、最寶貴的兄長，那個石棺中躺的，是山林之神約蘭。」

「肯肯」取下掛在頸間的鍊墜，鑰匙上鑲嵌的紫石泛出淡紫的光暈，一個螢火般的光點從其中飛出，渲暈擴散，光暈中，浮現出一個少女的輪廓，逐漸清晰。

少女仰望著約蘭，身軀微微顫抖：「約蘭神，我想起來了，你讓我忘掉的東西，在那條龍殺死精靈的時候，都想起來了。」

她想起了，那時在雲上，猙獰的黑影在約蘭神身後膨脹，他將法杖刺進約靈的身體，目光冷酷無情。

他說，污穢的東西，必須要得到淨化，天界的法則務必匡正。

約靈說，兄長，回頭看一看，那黑影到底是誰的。

約蘭彷彿沒有聽見約靈的話一樣，從他的身體中抽出法杖，抓過旁觀的她，硬生生抽出了她的靈魂。

他說：「這就是妳想要的結果，現在妳滿意了。膽敢勾引神祇，破壞天界法則，我會讓妳接受無盡的懲罰，妳將既不能生，也不能滅，既不會消亡，也不得轉世，永遠徘徊在虛無之中，承受無盡的痛苦。」

這時天上忽然下起了雨，約蘭要施法的手頓住了，面容扭曲，神色掙扎痛苦，那黑影在他身後搖擺扭動，像是畏懼雨水。

約靈站起身，舉起手中的木叉，狠狠叉住了黑影。約蘭從自己的身體中取出了一個光球，按進約靈的傷口。

約靈的傷口迅速癒合，約蘭在他耳邊說了些什麼，把法杖放入約靈的手中。

血，又是很多的血，血泊中的約蘭看向她，目光祥和。

他說：「抱歉。今後，請妳好好陪伴我弟弟。」

「肯肯」閉上眼，身體浮現淡淡的銀光，格蘭蒂納從其中走出，他是半透明的，並非實體。

「狄菲婭小姐並非因懲罰而徘徊在神殿的周圍，她是在替約靈看守沉睡的約蘭。只是她雖有了一部分約靈賜予的法力，卻根本不是你的對手。隨著時間的推移，那些魔性重新開始復甦，發現這件事的狄菲婭被你洗掉了記憶。」

肯肯的元神從鑰匙墜中鑽出，回歸本體，握緊了仍刺在約蘭和格蘭蒂納身體中的劍。

約蘭輕描淡寫地說：「無稽之談。違背天界法則愛上凡人的是約靈，怎麼可能是我入魔？」

「因爲你是審判派。」羅斯瑪麗懷中的貓動了動，跳下地，變成魅王的模樣，露出一絲慘淡的笑。「約蘭神，你可能不認得我。但我的主人雪神白玥大人，以及你們當日如何審判她的，你應該還記得吧。」

主人只能在冬神當值時到凡間，她很喜歡花，雖然天界長年開著各種花朵，但她總說，凡間的花有一種天界花朵沒有的美。

鳥雀的精靈對她說，在凡間夏季最美的花是蓮花，盛放在水中，美得難以描繪。尤其是白色的蓮花。

南風神愛慕主人，他亦曾對她說，她很像凡間的白蓮，而那花只在夏天開放。

主人終於按捺不住好奇，在夏季偷偷潛到凡間，她只想看一眼盛開的蓮花就走，但在她現身的一霎，酷暑的凡間下起了鵝毛大雪。

主人立刻離開，所幸她犯下的這樁過錯並沒帶來多嚴重的後果。但，一些神卻要對她施行滅神之罰。

那些神說，天庭的法則被屢次違逆，神族滋生魔性，爲避免事態繼續擴大，必須對所有犯過錯的神施以重罰，匡正天律。

主人想去找天帝申訴，卻在去帝殿的路上被那些神祇伏擊。

主人的身體化成了晶瑩雪片，在他眼前消失。

他憎恨這些所謂的神，於是叛離了天界。叛天的雷火燒焦了他曾經和雪同樣顏色的皮毛。他活了下來，潛藏在人間，與一些境況相似或不被所謂天規所容的生靈在一起。他們不信神，蔑視所謂規矩，遊走在暗夜裡，慢慢形成了一個族群，被人族稱爲魅族。

「當時的天庭，有一些神靈因不該有的慾望滋生了魔性，另一些懲罰這些入魔之神的神走了極端，變成了殘酷的審判派，同樣也有了魔心。神之浩劫，實則是由這兩種神一起造成。約蘭神，你就是後一種。」

光芒一閃，約蘭抓著格蘭蒂納的身體從劍端消失，遙遙出現在雲上。

八位龍王振翅而起，撲向約蘭，但電光和火焰擊中約蘭的身體，就像擊在空氣中，毫無反應。

格蘭蒂納的靈體凝視著他，肯定地說：「你不是約蘭。」

約蘭對龍的攻擊視而不見，不在乎地向格蘭蒂納微笑：「兒子你說話越來越有趣了，我如果不是你父親，那你從哪裡來？」

「約蘭的身體中有兩個靈魂，一個是眞正的約蘭神，另一個是被封住的魔性。」

這兩股力量交纏在一起，使得約蘭的神體被一股纏夾不清的意念控制。一方，被約蘭的神性主導，創造了紫，尋找可以滅殺逐漸復甦的魔物的龍或人；另一方被魔性操控，拋出寶藏的誘惑，引誘心懷貪欲的人打開石棺。

因此，以藍的身分出現的約蘭個性荒唐，記憶模糊，說話做事半眞半假，與眞正的約蘭個性大相徑庭。

「約蘭」大笑起來：「我和約蘭已經成爲一體，我就是他，他就是我，何必分那麼清楚。他不夠狠，想生個兒子用神血滅掉我，在那個女精靈懷孕後，又捨不得拿自己的兒子當祭品，卻正好替我預備下軀殼。有了這種凡人般的感情，他便不配爲神，怎能再是我的對手。如果不是我，你就不會生下來，所以，你既是他兒子，也是我兒子。」

他抓著那具身體，在額頭上畫下一個符咒。

「你的身體，父親要徵用了，約蘭的破爛神體實在太憋屈了，老是鬧得我心神不寧，幸虧我想到了利用九龍之力打造完美身軀的好辦法。待爲父與這具逆天霸道的身體結合，就能再度創世！」

符咒呈現出詭異的暗紅色，瀰漫出血色煙霧，把龍與精靈的攻擊統統吞噬，逐漸壯大。

格蘭蒂納的靈體側轉身，看向肯肯，微微頷首。

肯肯抬起手，一線金芒自他的指尖迸出，格蘭蒂納的軀體突然金光大盛，無數細小的金芒飛快旋轉，與暗紅符咒相撞，轟然爆裂，湮滅無痕。

「約蘭」後退數丈，表情初次大變，目光陰桀：「不愧是約蘭的兒子，居然用這種手段。」

格蘭蒂納的靈體越發透明，露出一絲淡然的笑意：「這具身體是被你佔用還是毀掉對我來說沒有太大的區別，你說我會選擇哪種處理方法？」

「好，很好！」「約蘭」縱聲長笑，在笑聲中他的身體漸漸透明，最終徹底消失，了無痕跡。

肯肯金色的龍魄重新包裹住格蘭蒂納的靈體，幾位龍王迅速上前，向魂魄輸出法力。格蘭蒂納淡然地說：「沒多大作用，多謝諸位，我的時間已經不多了。」

肯肯生硬地說：「有很多。我相信你。」

他相信騙子精靈的能力。

在他以爲自己殺死了騙子精靈時，他都能突然地冒出來。

當時，他萬念俱灰，模糊中，似有另一頭龍的氣息迅速靠近，約蘭匆匆離開，格蘭蒂納的聲音突然在他耳邊說：「肯肯，我還沒有死，須要你幫個忙。」

格蘭蒂納使用了脫出靈魂的法術，他覺得約蘭不太可靠，想試探出事情的眞相，狄菲婭也在幫助他。

於是肯肯脫出元神和狄菲婭一起藏在鍊墜中，那裡有紫的法力，安全可靠。

格蘭蒂納附進了他的身體，被母親和長老們運回了龍界。

爲了不被發現龍氣異樣，格蘭蒂納一直與被龍魄包裹的身體待在一起，不動不多說話。母親使勁揍格蘭蒂納的時候，肯肯的心在抽搐。

格蘭蒂納讓肯肯在施展元素法力時混進毀掉軀體的法力，以防萬一。肯肯照做了，他相信格蘭蒂納，相信他說的「不會有事」。

龍相信承諾。

「你會信守承諾。」肯肯沉聲說。

格蘭蒂納苦笑：「不一定，我很會說謊。」

魅王走上前，取出一個玻璃罩，罩住格蘭蒂納的靈魂：「王子殿下，你可不能現在就沒了，魔沒那麼容易完蛋，這事兒絕對還沒完。」

他這句話還沒落音，大地突然劇烈地顫動起來，羅斯瑪麗嘆了口氣：「陛下你的烏鴉嘴一直這麼準。」

8 滅魔

天空、地面、空氣，所有的一切都開始詭異地扭曲，龍界的空間被外力擠壓，越變越小，龍們憤怒地吼叫衝撞。

羅斯瑪麗及時地拋出一個玻璃罩，把狄菲婭和玫蘭妮封在其中，龍界的外殼轟然崩塌。

龍們飄浮在半空，彷彿在看一幅幻象，世間的一切都在震顫，似乎下一秒就要破碎。

黑色的影子蔓延天空，長風呼嘯，迴蕩著桀桀冷笑。

「既然不能再造，這個污濁的世界不可存留，只有破滅一途！」

世界與方才的龍界一樣在急劇縮小，黑霧充斥了整個天地。雷雷怒吼一聲，噴火焚燒向黑霧，他的窩、他的村莊即將被吞噬！

烏蒙瞇起眼，掃視黑霧，這和八百年前的情形幾乎是一樣的，這個東西有一個弱點。

他抬爪按住雷雷，大喝：「切勿亂打，它會吞噬法力！注意那邊那個突起的黑瘤，集中力量，打那裡！」

龍身周光芒暴漲，精靈們也都唸起咒語，所有法力聚集成一束，擊向烏蒙所指的地方。

法力爆出霓虹般的光芒，約蘭驟然出現在光中，嘲諷地彎起眼：「龍眞是沒腦子的生物，今天的我，破綻怎麼可能和八百年前一樣。」

龍和精靈們的法力不受控制地源源擁向「約蘭」，黑霧和「約蘭」隨之越來越大，越來越濃。

黑霧之上，出現了漁網般縱橫的溝壑。「約蘭」抬手，輕輕地一揮——裂、碎、滅。

世界如粉碎的玻璃，分崩離析。

「約蘭」滿意地狂笑。

滅吧，所有不遵守法則的污穢！

統統毀滅！

突然，「約蘭」的笑聲止住。

崩破的碎片湮滅，天空湛藍，大地碧綠，一派祥和氣象。

世間完好無缺。

他的下方是一個安詳的小村落，羊群在山坡上吃草，房頂上炊煙裊裊。

雷雷激動地撲搧著翅膀。是他的窩！好好的！沒有碎！

一個矮小的老頭兒佝僂著身體站在簡陋院子裡，一隻黑色和一隻雲紋的貓依偎在他腳邊，他抬頭看了看天，笑了笑。

「哥，該醒了。」

「約蘭」微微一怔。

無限黑暗中，神明緩緩睜開了眼。

「哥，該醒了。」

他從神榻上坐起身，約靈就在他身邊。他時常這樣喚他起身。

他有些無奈：「你眞勤懇，我又不像你，要管著那些凡人種農作物。」

山脈的起伏、河流的流淌、樹木花草的長與滅，都是無拘束的，他喜歡看它們這樣自在恣意，享受生命的輪轉。

「陪他們營營碌碌，不嫌累嗎？」每每與約靈一起巡查世間，他總對約靈的勞心勞力不以爲然。

約靈望著那些奔忙的凡人，興致盎然：「看他們那麼有精神，我就不由得喜悅。人眞的很有趣。」

哪裡有趣了？他敷衍說：「嗯，你看什麼都有趣。」

但，久而久之，他居然也眞的看出了一點趣味。他習慣了和約靈一起看著世間，就像他習慣了約靈呼喚他起床的聲音一樣。

也許因爲他們是兄弟，心意相連。

「哥，該醒了。」

須臾間，黑霧湮滅，一道黑影尖叫著衝出了約蘭身體，淺綠色的澄澈光暈流轉，約蘭環視著四周，神色中是神明至高無上的淡然與從容。

白髮老者變成了褐髮青年，站在半空中與約蘭對面相望。

狄菲婭捂住嘴，淚水湧溢。

雷雷和玫蘭妮都有種被雷劈到的感覺。

約蘭淡漠的表情中有著一絲不易察覺的欣喜：「我以爲你已經離開此世了，不過看來，你的脾氣還是沒有改，放心不下的事情，就一直守著。」

約靈露出淺淺的笑意：「我一直在附近的虛空中徘徊，一百多年前，我聽到了狄菲婭的召喚，又回到了這裡。」

一百多年前，應該是他又無法壓抑體內的魔性之時。約蘭皺起眉：「你爲什麼不阻止我？」

「那時我的法力還沒有完全恢復。」約靈答道。「我知道八百年前，有一條炎雷龍領導世間的力量，壓制了復甦的魔。恰好我撿到了雷雷，就想如果依靠龍，也許這個棘手問題能徹底解決。」

雷雷興奮地撲搧翅膀：「是說我嗎？哈哈，我是救世之龍？」

約蘭瞥了紅龍一眼，面無表情地說：「你又亂撿東西了。」

遠處，黑影又開始扭曲膨脹。

約靈轉身看向龍族：「上古時期，天帝的血未能洗淨魔物，神族對此束手無策，要倚仗諸位之力了。」

「它會吸收法力。」烏蒙非常無奈。「約蘭神知不知道它的弱點在哪裡？」

約蘭冷淡地說：「多用用腦子，我若告訴你它的弱點，也等於是提醒它，你們反而難以成功。」

膽光噴了一口氣：「哼！尊駕這會兒還擺高姿態？到底是誰惹來的破事？老子不幹了，愛怎樣怎樣吧！」

「這是我們神族的過錯。」約靈嘆息。「但若世間毀滅，有情人將永遠無法相聚。而若是魔滅，神的後裔或許有一次重生的機會。」

肯肯心中一震，抬頭看向遠處的黑影，回味著方才約蘭說的話。

——多用用腦子。

肯肯凝神再看約蘭。

此時的約蘭和當日格蘭蒂納死掉時，他初次現出的神形有些不同。

約蘭負手站在雲上，一副事不關己的表情：「你們要考慮清楚，若這次合力一擊的力量再被它吞噬，它就會強到無法對抗，世間必將滅亡。」

瞻光怪笑兩聲：「神說得眞輕鬆啊眞輕鬆……」

肯肯忽然開口：「我來。」

瞻光愣了愣：「你一個？那不行吧。」

雷雷跳起身：「還有我！」

肯肯堅持：「我一個，我想借你們的力量。」

雷雷暴跳：「怎麼可能！風頭不能你一個出，我才是拯救世界的大英雄！」

烏蒙一爪子把雷雷按倒，眯眼看著肯肯：「肯特洛爾・炎，你下定決心了？」

肯肯堅定地說：「對。」

阿詩曼憂心忡忡：「肯肯，我覺得……」

烏蒙打斷她的話：「按他說的做。」

所有的龍王都點頭，烏蒙率先抬手，周身湧出刺目的炎雷光芒。

習岬、蹭光、玄厷……一個接一個的龍王釋放出了力量，肯肯化成龍形，所有力量湧進他身體，幾乎要把他骨頭都融化。燒灼的熱力無限盈脹，雷電的白、熱烈的火，都已亮到極致，火焰之中，似乎還欠缺了一縷。

雷雷不甘心地掙扎兩下，終於釋放出全部火焰，純正火焰龍的紅光撲向肯肯，力量終臻完滿。

黑影垂涎地向著肯肯撲來，肯肯展翅飛起，義無反顧地迎了上去。

在即將碰撞的剎那，黑龍的身軀在無盡明亮的光芒中消失，黑影與白光相接！

只是一瞬。

黑影突然扭曲，發出淒厲的嘶吼。

肯肯雙手緊握燃燒著火焰的長劍，劍身刺進黑影的前額，黑影被白光燒灼，終於徹底湮滅。

9 和平

肯肯站在雲上，濃黑的長髮被風揚起，足可顛覆一切的炎雷之力從他身上放射而出，灼亮世間，回歸到九條炎雷龍的體內。

罩著格蘭蒂納的玻璃罩卻在此時破碎，格蘭蒂納的幻影徹底消融在光焰中。

肯肯悲憤長嘯，耳邊有聲音說：「**肯特洛爾・炎，大光明龍王，請稍安勿躁。**」

約靈在空中畫出符文，喃喃唸誦，約蘭抬起手，指尖湧出純淨的淡綠色光芒。

山林之神與農神的光輝交匯在一起，流淌入龍的光芒中。

刺目的光輝漸漸變淡，方才格蘭蒂納靈體所在的位置，出現了一個淡綠光團。

格蘭蒂納的身軀在光團中漸漸重現。

是實實在在的身體，而非虛幻的影子。

他閉著雙眼，如在沉睡。

肯肯抬頭看向約靈：「他還是格蘭蒂納嗎？」

重新出現的這個一模一樣的人，是否還擁有格蘭蒂納的記憶和純粹的靈魂，或者已是一個全新的開始，一個完美的複製？

約靈微笑著說：「**只是重新擁有了身體而已。他的靈魂之前損傷得太厲害，重生又損耗不少力量，須要暫時休養。**」

肯肯點了點頭，他沒問要等多久，只要還是格蘭蒂納，只要他能醒，多久都行。

狄菲婭飄浮在空中，望著她摯愛的人。

他一點都沒變，卻又像個全新陌生的人。

啊，不，他是神。

她輕聲問：「你還是會走，對嗎？」

約靈的神色有些悲傷：「沒有神的留駐，這個世間或許會更好。」

她輕笑起來。

她不能和他一起走，她是介乎於鬼魂和靈體的特殊存在，離開這個世界就會煙消雲散。

所以她只能留下，就和當年一樣。

那時，她不能和約靈一起走，她說，我願意幫你守著你的兄長。因爲她知道，他必定會回來。

可這次不一樣了。

她踮起腳尖，親吻她摯愛的少年。

「我要忘掉你，我會去轉生，有一個新的開始，然後再找到一個我愛的，也愛我的人。」

她的身體被暖暖的光輝包裹，飛向下方的萬丈紅塵，飛向另一個輪回。

她忽然回頭看著上方，高聲說：「約靈，如果下一世我還記得你的話，說不定我會努力成爲和神差不多的人，重新去找你！」

既然一切都重新開始，未來誰說得準呢。

只是，現在……

再見，約靈。

□

夕陽已沒入地平線，放羊的少年趕著羊群走回村莊。

世間一片太平，神卻該離開了。

約靈說：「哥，我覺得，你應該去精靈族看看。」

約蘭轉過身：「沒什麼好看的。」

格蘭蒂納死的時候，一滴淚動搖了他的神性，才會徹底被魔吞噬。

也許神眞的不該擁有世俗的感情。

說不該有些不恰當，是沒有資格。

「他的個性只有一點像我，挺好的。」終於還是回頭看了一眼格蘭蒂納，約蘭微微地笑了。

望著神要離去的身影，謄光中氣十足地吼：「等一等！」

他一把揪住雷雷：「約靈神，這個崽是你撿的，你該知道他爹媽是誰吧。」

約靈好脾氣地笑著：「我在一百多年前把他孵了出來，只知道他是純正的炎雷系王族血統。」

謄光盤算，一百多年前，比肯肯大一點兒，不太可能是阿詩曼的娃，那麼最大的嫌疑是……

他瞄向破空王締克都，**小後生們都很風流嘛，不像我們老一輩這麼痴情了。**

約靈又補充說：「不過，我是在一個寒潭裡撿到他的，他應該在那被封凍了至少六百年。生他的母龍大概充滿了怨氣，在他的蛋殼上寫著『光光死蜥蜴，王八蛋，老娘才不會孵你的崽』……」

朧光拎著雷雷，石化了。

難道，難道……

他的思緒回到許多年前，一個月黑風高的晚上，習峒剛剛失蹤，他剛剛當上龍王，不免得意，喝了一點小酒，摟住了那個誰說，習峒自詡風流，居然對一個人族女子動眞情，眞是傻瓜。龍，要做霸氣的龍、風流不羈的龍、讓萬千母龍又恨又愛的龍。

那誰還在他脖子上咬了一口，咬牙切齒地說，我眞是恨死你了，你這個花腸子的死蜥蜴。

……

轟——

一團火烤熱了朧光的腦殼，那頭崽在他爪下憤怒地咆哮：「原來你就是那個死老頭！」

習峒幸災樂禍地笑了：「很風流嘛，不像烏蒙陛下和我以及小後輩們那麼古板痴情。」

朧光默默地扭過頭。唉，龍的一生，總要犯點錯誤的，誰都年輕過。

哈里忍不住脫口問：「約蘭大人，重生之後的殿下，到底是神，還是精靈？」

因爲，約靈神說，神有一次重生的機會。

不待約蘭回答，肯肯已經堅定地插話：「是精靈。」

格蘭蒂納的耳朵還是尖的，尖耳朵就是精靈。

約蘭的唇角微微勾起：「那就應該是吧。」

哈里呆呆望著消失在虛空中的神的身影：「什麼叫應該……」

肯肯幫他回答：「應該，等於一定是。」

「你……你是龍!?」愛德華國王呼吸急促，手抖著，聲音顫著。

「是啊，岳父，我是龍！」雷雷用力點頭。「我要娶玫蘭妮做媳婦。我會疼她的！一輩子讓她吃好吃的！永遠這麼美麗！我們永遠幸福地生活在窩裡！」

神啊——這是雷頓永遠的詛咒嗎？愛德華國王捂住了胸口。

玫蘭妮羞澀地抓著衣角：「父王，我在龍界的時候被什麼神光、龍的法力還有魔光照到過，體質好像發生了改變，不算正常的人了，不能嫁真正的人類。雷雷他雖然是龍，可是他心地很善良，他們村裡的人都喜歡他，他會做飯，還很勇猛，以後父王你就不用擔心奧修的軍隊會打過來了。」

聽到媳婦的稱讚，雷雷非常幸福：「岳父，我是拯救過世界的龍！」

岳父看上去很激動的樣子，應該再向岳父展現一下自己的英姿！

雷雷轟地一聲，變成龍形，幾乎撞破王宮的屋頂。他噗地吐出一顆電球，宮殿外的花圃涼亭稀里嘩啦成了碎片。

「岳父，你看我帥嗎？岳父？」

岳父突然一動不動了，他闔著眼，躺在王座上，好像睡著了。

雷雷從鼻孔中噴出一朵疑雲：「岳父他這個樣子，是同意我們在一起了嗎？」

玫蘭妮無措地說：「呃，你就當他默認了吧。」

「謝謝您，夫人。」

老婦人從羅斯瑪麗手中接過五個銅幣，將包好的薄餅遞給她。

熱騰騰的餅散發著香甜的可可味道，和小時候一模一樣。

涼爽的微風吹在臉上，帶著剛下過雨的濕潤氣息。

一旁的小巷中，有吵嚷的聲音。

她轉頭看去，幾個孩童圍在巷子的角落，七嘴八舌地說話。

「是小黑貓耶，好可愛。」

「好漂亮的眼睛。」

「我要和媽媽說，我想養牠。」

「明明是我先看到的！」

「你家有我家那麼多魚嗎？」

「家裡開魚店了不起啊，牠還沒長牙齒，吃不動魚，你家可沒我家這麼多牛奶吧。」

……

羅斯瑪麗不禁微笑。

「妳又做無聊事了。」

羅斯瑪麗轉回視線，瞥向身側的魅王。魅王正看著她手中的餅，露出思索的表情。

「這東西，真那麼好吃？」

羅斯瑪麗笑著回答：「當然很好吃，陛下。您想嚐嚐嗎？我再去買一張。」

魅王滿臉不耐煩：「太麻煩了，分一半給我。」

羅斯瑪麗嫣然回答：「遵命。」

10 永恆的承諾

初夏的午後，他趴在樹蔭下的石桌邊讀書。

老師說，他的成績比起小時候的叔父還是差了一點。

他還須要更努力才行。

他捧起書本，眼角的餘光卻掃到一抹紅。

好像火焰一樣的紅。

他轉過頭，發現一個小小的女孩站在不遠處，眼也不眨地看他。

她的頭髮是純正的火焰色，精靈族中從來沒有這樣的女孩。她歪了歪頭，露出一對尖尖的小虎牙：「嘿，你在幹嘛呀？」

他很少與女孩子講話，遂站起身，禮貌而矜持地說：「我在讀書。美麗的小姐，您是來精靈族作客的嗎？」

女孩皺皺鼻子：「你講話好奇怪喔，像我爸爸說的那種，很假的樣子。」

他愣了愣，什麼叫很假？他直覺感到這不是一個好詞。

女孩緊緊地盯著他：「不過，你長得眞好看，我能摸摸你的耳朵嗎？」

「陛下。」書房的門輕輕叩響。「龍王陛下到了。」

格蘭蒂納．阿法迪闔上手中的文件，應了一句：「知道了。」

幾分鐘之後，書房的門打開，黑衣的龍王走進房中：「格蘭蒂納。」

格蘭蒂納站起身，含笑回應：「肯肯。」

已經幾乎沒人稱呼這個名字了，現在他一般被叫作大光明龍王，神贈送的封號。

肯肯低頭看他桌上的文件：「你又在看帳本？」

格蘭蒂納嗯了一聲：「魅族正在爭東海的那塊油田，精靈族必須先下手爲強。」

精靈族現在總算不用過窮日子了，但不可有絲毫懈怠。

肯肯唔了一聲，把視線收了回來。

格蘭蒂納拉開窗簾，看向窗外。

樹蔭下，小小的紅髮女孩正踮起腳，捏了捏精靈少年的耳尖。

格蘭蒂納不禁微笑，肯肯在他身後似乎想說點什麼，又嚥了回去。

少年覺得自己的耳朵很燙，女孩後退一步，又問：「你叫什麼名字？」

他挺起胸膛：「法布蘭斯特多．阿法迪，大精靈王格蘭蒂納．阿法迪是我叔父。」

女孩一點也沒被震撼到，扁扁嘴說：「好長，不好唸。」

他不禁有些氣堵：「那妳叫什麼名字？妳不是精靈吧。」

女孩笑起來，又露出那對小虎牙：「我是龍。我叫二寶，這個名字夠簡單吧。」

他不得不承認：「是。」

原來她是龍，那麼……

「大光明龍王肯特洛爾・炎陛下不會是妳的叔父吧。」

女孩搖搖頭：「不是，我爸爸說，論輩分，大光明龍王要喊他爺爺，所以，我是他的阿姨。」

格蘭蒂納與肯肯站在樹下，遙遙看著小小的精靈少年和龍族少女。

有幾片樹葉飄下，落在了格蘭蒂納肩頭，他抬手去拂，尚未觸碰到葉片，其中的一片葉子輕盈地飛起，回歸到樹枝上，完好無缺地重新與枝杈長在一起。

肯肯轉過頭：「怎麼了？」

格蘭蒂納拂去肩上的落葉：「沒什麼，有葉子落下來了。」

陽光下，他的手指在衣服上投下淡淡的陰影。

你們以爲，我會滅亡？

有光的地方就會有影。

神的能力就是違逆和操控自然的規則。

看似無關緊要的逆轉，便會出現偏差。

時機永遠都在，是你們親手創造的。

約蘭的兒子，你重生成了什麼，你我都清楚。

格蘭蒂納摘下那片葉子，讓它與其他的樹葉一起飄落到地面：「你今天來，不是單純地找我說話吧，我看你好像有心事。」

肯肯垂下視線：「也沒什麼大事。我最近，打算去旅行。我還沒有媳婦，長老他們很著急。」

長老們痛心疾首地說，他是龍族有史以來最大的一根光棍。他很鬱悶。

光棍也是有尊嚴的。

格蘭蒂納問：「什麼時候出發？我準備一下，與你同行。」

肯肯訝異地問：「你有空？」

格蘭蒂納笑了笑：「我曾答應過你，會幫你找到媳婦，精靈不會違背承諾。」

生意的事，暫時交給路亞應該沒有問題。

只不過……

「希望這次旅行，不要像以前一樣，媳婦沒找到，卻碰見一堆亂七八糟的事。」

肯肯眉頭跳了一下。不會的，他相信在這個世上一定有一個屬於他的媳婦，永遠陪伴在他身邊，和他一起看太陽升起，月圓月缺。

他隨手丟出一團火焰，地上的落葉在火中化爲灰燼。

□

媳婦瘦了。

雷雷有些憂鬱，有些傷感。

生下大寶後，媳婦美麗豐滿的肥肉就飛速地消失。

當四寶呱呱落地之後，她的腰幾乎和那個前任精靈女王一樣細。

不過，媳婦變成了這樣，他依然覺得她很美麗。

而且是更美麗了。

是他的審美觀崩壞了嗎？

不，這是愛情的力量！

這表明他是那麼堅定地愛著媳婦！

他對著媳婦澆花的背影，沒頭沒腦地說：「媳婦，我永遠愛妳！」

媳婦回過頭，臉有些紅：「老夫老妻了，要不要這麼肉麻？」

他瞇起眼，要的，肉麻也是愛的表現。

□

廣場上舉行著一場盛大的婚禮。

新郎和新娘在神壇前立下永遠相愛的誓言，紛落的花瓣中，新郎掀開新娘潔白的面紗，親吻她的雙唇。

肯肯在廣場邊駐足，格蘭蒂納拍拍他的肩：「繼續努力，你一定會擁有這一天。」

肯肯嗯了一聲，格蘭蒂納的目光掠過一旁的樹影，肯肯沉聲說：「走吧。」

龍和精靈並肩穿過廣場，新娘拋出花束，笑靨勝過怒放的玫瑰。

玄厷隱在樹影中，注視著新娘幸福的笑容。

昔日的片段在眼前浮現。

第一次見到他時，她驚慌失措的模樣。

憤怒地罵他是強盜時，她囂張的神情。

他初次親吻她時，她柔軟的雙唇。

還有她望著他，那清澈的眼眸和美好的笑顏。

即使皺紋侵蝕了她的臉，即使她的頭髮變成銀白，她在他的心中永遠是最美的，一如當初。

無論經過了多少次輪迴，無論她變成了什麼模樣。

新娘挽住了新郎的手臂，忽然，她回頭看向樹蔭的方向。

那裡什麼都沒有，她心中卻有一種莫名的熟悉感掠過，伴著一絲刺痛的悲傷。

新郎輕聲問，怎麼了？

她忍下剎那間湧向眼眶中的淚，搖搖頭說，沒事。

那種感覺只是一閃而過，只是她的幻覺。

她挽著最愛的人的手臂，享受著現在滿滿的幸福。

樹影中的龍望著她，瞇起了眼。

只要看到她幸福的笑臉，他便十分滿足。
儘管此刻或以後，她都不再記得他，但他依然會守著她、望著她，直到他生命的盡頭。
若你是龍誓約的伴侶，龍便會守護著你，永遠不變。
這是龍用生命承諾的誓言。

《潘神的寶藏》全文完

番外

一生誓約

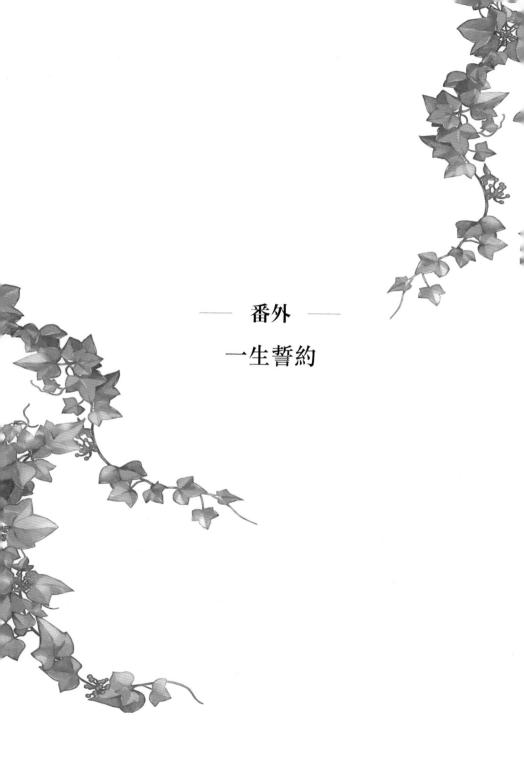

1

依琳娜告訴我，王的甄選，贍光輸了，新一任龍王是習岄。

我笑了，有點幸災樂禍。

「當然不可能是贍光，紫大人和長老團又沒瞎，龍族如果讓他當了王，沒幾天就會完了。」

依琳娜笑嘻嘻地聽我說話：「對啊，而且贍光不做龍王了，就不用娶什麼人類公主當新娘，眞是太好了呢。我總覺得人族女孩子很厲害，那麼冷酷的烏蒙王，居然連王都不做了，與她訂下一生的誓約。茉梨莎妳的脾氣這麼差，可能不會是她們的對手啊。」

我沒能克制住表情：「我不知道妳在說什麼，贍光那個渾蛋和我一點關係都沒有。」

依琳娜好脾氣地看著我：「好啦，好啦，我明白。贍光是有點不著調，我相信他一定會改的。」

我冷冷地說：「改了也不關我的事。」

我雖然嘴上很強硬，心中卻非常苦澀，我假裝沒有看出依琳娜目光中的同情。

事實上，整個龍族都知道，我喜歡贍光，但他不喜歡我。

爲什麼會喜歡上贍光這個渾蛋，我也不明白。

我們從小一起長大，他從出了蛋殼起的所有爛事我都知道，按理說，我不該會喜歡上他。

我父母是在幫助人類的戰爭中最早戰死的龍。

那時候我還是顆蛋，孀孀將我孵了出來，我一直在叔叔家住。膽光家的洞穴在叔叔家旁邊的山坡上。小時候我們一起玩、一起逃課、一起打架、一起做壞事、一起被紫大人抓住，在廣場上抄寫一百遍《仁愛與道德》。

有一天，正在抄寫時，膽光抬起頭，用前爪擦了擦鼻涕：「對了，茉梨莎，妳是雌龍。」

廢話，我白他一眼，不打架的時候，我偶爾還是穿穿裙子的。

他從包裡摸出一封信，用的是那種精靈族造的又白又軟的紙，上面還噴了香水。

他把這噁心兮兮的玩意交到我手裡，說：「幫我個忙，把這個給莜嘉妮，我替妳抄剩下的。」

我點點頭，接受了這筆蠻划算的交易：「好啊。」

那個時候，我眞的不喜歡他。

膽光遵照諾言先替我抄完了所有的《仁愛與道德》，紫大人問：「爲什麼抄寫的內容，你們兩個的筆跡是一樣的？」

我理直氣壯地回答：「因爲膽光求我幫忙，用替我抄寫來交換。」

紫大人點點頭：「這樣啊，那麼膽光是一條守諾言的龍，你們都回去上課吧。」

回到教室中，我也遵守諾言把那封信給了莜嘉妮。

我直接把信給她，卻把莜嘉妮搞哭了。當時教室裡龍很多，看見我給莜嘉妮那封信，又聞到了上面的香水味，就都湊了過來。

「是情書耶！」

「莜嘉妮早戀啦！」

「龍族沒有這樣的紙，是不是有精靈在追求莜嘉妮呀？」

「你們怎麼認識的？咦，這個筆跡好像是謄光嘛。」

所有的龍都搶著看那封信，信紙很脆弱，用爪輕輕一拉就扯破了，莜嘉妮也哭了。

我不太明白她爲什麼哭，莜嘉妮的好友還來責問我。

「妳爲什麼要當著這麼多龍的面送信？不能找個沒有其他龍的時間悄悄給嗎？妳是不是故意讓莜嘉妮難堪？」

當然不是，只是我辯解她們也不信，我很愧疚，就沒多說什麼。

下課後，我正要去找謄光解釋加道歉，結果看見莜嘉妮的朋友正在樹下和謄光說話。

「你要是眞的喜歡嘉妮，就不應該讓茉梨莎送信。她天天和你在一起，已經把你當成她的，你喜歡嘉妮，她當然會嫉妒，便有意讓嘉妮難堪。」

我呆站在那裡，說不上來是氣憤還是茫然。

放學後，謄光沒和我一起回家，我獨自回去了。

第二天，我早早地守在路上堵住謄光，鄭重地和他說：「我可沒有喜歡過你啊，我眞的不是嫉妒莜嘉妮，不過這件事對不起。」

謄光抱著前爪慢條斯理地說：「我知道，妳只是成事不足敗事有餘而已。」

我無奈地說：「對，那你下次別找我了。」

從這天起，我們連上下學也不一起走了。沒過多久，按照法系重新排班，謄光進了雷系，我學了火系，接觸越發少了。

　　膽光和莜嘉妮沒好多久，因爲習峭把莜嘉妮搶走了。

　　習峭是小雄龍中最帥的一頭，比自詡很帥的膽光帥多了。他的鱗片是高貴的銀灰色，而非膽光那種愚蠢的泥巴色。他人形時眼睛是狹長的，能勾走魂魄，外貌和精靈一樣優雅。

　　膽光常常說習峭又娘又裝，不夠有雄風，我知道他是赤裸裸的嫉妒。

　　因爲這份嫉妒，他一直找習峭的麻煩。

　　我以爲習峭會學雷系，沒想到他居然進了火系。他住得離我叔叔的洞穴不是很遠，我獨自上下學之後，有時候在路上遇見他，也會和他一起飛一段。

　　習峭很溫和，雖然他這種龍和我個性不和，沒什麼共同話題，但他總能找一些話出來說，也沒有瞧不起我這差生的意思，時常借作業給我抄。

　　一次法術練習，我們火系和雷系的對戰，山坡上的泥土和石渣被轟得滿天飛，大家都灰頭土臉地練著，莜嘉妮那樣嬌氣的小雌龍都轉到了防守營中，遠遠避開砂土，膽光用翅膀搧著沙塵，拿小石頭丟我：「喂喂，茉梨莎，我要去和習峭對戰，妳幫我掠陣！」

　　我揉揉眼裡的沙子，不大樂意：「我們都那麼久沒說話了，而且你是雷系，我是火系，我們是對手。」

　　膽光抱著前爪：「不要那麼小氣，婆婆媽媽的不像妳，半條燻火腿！」

　　我冷笑：「別以爲每條龍都和你一樣是吃貨。」

瞻光鏗鏘有力地說：「一條！」

我思考了一下：「好吧。」

瞻光找到習峒，提出要和他單挑。

「一對一，先爬不起來的那個算輸。茉梨莎是見證。」

習峒點點頭，很爽快地答應了這個決鬥。我和他們飛到稍高的山頭上，瞻光肚皮起伏，鼓起腮，正要噴出雷球，習峒突然說：「且慢。」

他走到我跟前，往我身上丟了一道光罩。

「我們打架的時候，別傷到女孩子。」

我怔了怔，有些感動。享受這種待遇，我還是第一次。習峒眞的很有風度。

瞻光哼了一聲：「給茉梨莎加這個，沒必要，她的皮比我的還厚。」他湊到我跟前，低低說。「別忘了妳收了我一條火腿，不要被習峒那個小白臉迷住了倒向他那邊。」

當時我眞想搧他兩翅膀就此走掉，但爲了那一條燻火腿，爲了做一隻有信譽的龍，我還是忍了下來。

這場戰鬥打得天昏地暗，我撐著麻木的腿換了許多種站姿、坐姿，瞻光和習峒終於一起倒下。

我終於可以釋然地宣布：「平局。」

瞻光把我拖到僻靜的河邊，幽幽地問我：「妳收了我一條火腿，怎麼能這樣？」

我說：「我收了你的火腿，只是幫你做見證，不是替你說謊，你跟習峒確實是一起趴下的。」

膽光陰森森地說：「不可能，他明明比我早倒下零點零一秒，我好不容易贏得的零點零一秒。」

我說：「那是你眼花了，而且習岄比你瘦，你們一起倒下，實際上是你的肚子先著地。」

膽光的眼睛泛著紅光：「龍靠的是健壯的體魄！那種乾巴巴的小白臉只有妳這種沒大腦的雌龍才會喜歡。」

我無語了，不就是說破了你肚子大一點的事實嗎，有必要攻擊我的大腦嗎？

我懶得理他，只討要我應得的東西：「行啊，我就是沒腦子，趕緊把火腿給我，去找有腦子的去吧。」

膽光取出那根火腿，正色看著我：「我說實話，妳不要嫉妒，莜嘉妮在這方面比妳強太多了。她就覺得，我是世界上最帥、體魄最健美、最有實力的龍。」

我徹底無話可說，取過火腿，哈哈哈大笑三聲，揚長而去。

結果，次日就發生了一件令我震驚不已的事。

莜嘉妮出現在我們火系班的門口，居然主動和剛好路過的我說話。

「喂，茉梨莎，妳能不能幫我轉告習岄，午休的時候，我在炎陣石的大樹下等他。」

我震撼不已，木然地答應了。這次我學乖了，把習岄拉到一個僻靜的角落，四顧確定沒有其他龍，才用最小的聲音對他說：「莜嘉妮約你今天中午炎陣石旁的大樹下見。」

習岄笑了笑，說：「好的，謝謝。」

我掙扎著要不要把這件事告訴膽光，但想一想還是不要了，他總會知道的。

那天中午大樹下到底發生了什麼，我不清楚，但從那天起，莜嘉妮就和習峋一起出雙入對了。她說，習峋的戰姿比膾光帥多了。

我不知道習峋到底喜不喜歡莜嘉妮，但看起來他很樂意接收膾光的女友作戰利品。

膾光自然是知道了，他雙眼都是紅絲，鱗片倒豎、鼻孔冒煙，誰見了他都繞著走。

我很想笑話他炫耀過頭遭報應，不過看到他這個模樣，又覺得他挺慘的。

我的元素原理課沒有及格，被罰在教室中畫一百個元素陣。

畫完後，天已經黑了，我趕著飛回家，卻看見路邊的山頭上有條龍正在撞樹、撞石頭，嗷嗷地咆哮。

是膾光在發瘋。他這麼死要面子，遭受了如此大的打擊，總要發洩一下。我同情他。

我準備悄悄地、不動聲色地繞過去。

沒想到一陣狂風襲來，膾光居然撲到我面前，擋住我的去路。

他大著舌頭說：「妳來看我笑話？」

當然不是，我很同情他。膾光打了個嗝，他身上有刺鼻的酒氣。族裡規定，第一次換皮前不能喝酒，不過我們都偷偷喝過一點。

膾光肯定喝了不少，他在天上飛著，左搖右晃，都不能維持平衡了。

他扣住我前爪：「我讓妳隨便笑話，妳來陪我喝酒。不能不同意，我有燻火腿……妳同意嗎？」

我覺得和一個腦子已經喝壞了的龍沒有道理好講，無奈地答應了。

我坐在地上默默地啃著火腿，看膾光繼續撞樹撞石頭，向著天空嗷嗷咆哮、吐閃電、翻跟斗，非常精彩。

到了後半夜，膽光連跟斗也翻不動了，附近的幾棵樹都被他撞倒了，他總算消停下來，化成了人形，像一塊石頭一樣坐在草地上。

他突然口齒無比清晰地問我：「茉梨莎，習峒和莜嘉妮這件事妳不難受？妳喜歡習峒吧……」

我差點噎住，一頭發酒瘋的龍，思維總奔逸得匪夷所思。

膽光桀桀怪笑：「我懂，妳們都愛習峒那種風流的龍。公的不壞，母的不愛。他每個月都換女友，你們就喜歡那樣的。從明天起，我也要風流，也要壞……」他一把抓住我的肩膀，湊近。「妳說好不好？」

酒臭味實在很難聞，我敷衍地點頭：「好，好，想做什麼就大膽實踐，祝你成功！」

他打個嗝，又桀桀地笑：「我就知道，就知道妳會喜歡……」

他突然低下了頭，狠狠地啃住了我的嘴唇，時間在這一瞬間凝固了。

好像過了很久很久，膽光搶走了我口中那塊火腿，終於鬆開了我，我木然地坐著，擦了擦嘴唇，看著膽光又撲向酒瓶。

剩下的那些酒成功地放倒了他，他癱在草地上一動不動。

我茫然地坐了片刻，沒有管他，直接回洞穴了。

2

躺在床上回顧這件事時，我居然沒有什麼特別的感覺。

一般雌龍遭遇到這種事，要嘛會狠狠地揍他一頓，大叫流氓，要嘛就會臉很熱，心跳很快吧。可是我就像剛吃完一頓飯一樣，特別平靜。爲什麼會這樣？我懷疑我自己有點問題。第一次被親吻，竟然會毫無情緒。被蚊子咬到，都會癢幾下。

我反思，可能是我知道，膽光在發酒瘋，他有多爛我也一直清楚。我更明白，他只是拿我當作莜嘉妮的代替品發洩而已。

所以，我才會覺得沒什麼大不了。

次日，我去學校，又聽到了一個消息。

膽光和習峒的決鬥讓長老們發現了他們的潛質，他們是龍族中能夠競爭王位的炎雷系。所以，他們會被選拔到另一個班去特別培養。

我聽了這個消息，倒是樂了一下，沒想到膽光這種龍也會是炎雷系。

習峒得知這件事，反應很謙和，依然把作業拿給我們幾個差生抄。他還說，他已經和另外幾個優等生打好招呼了，他離開班級之後，我們依然有作業抄。

我們感動得痛哭流涕，覺得僅是口頭上的歡送不足以表達謝意，就湊錢買了一個劍柄上的掛飾給他，還寫了一張卡片，按上我們十幾條抄抄龍的爪印，由每次和他接洽作業本的我負責贈送。

我順利地完成了這個任務，習峒看起來很喜歡那個掛飾，說了聲謝謝立刻把它掛在劍上。

第二天，我們教室的門被重重踹開，莜嘉妮渾身閃著電光站在門外，高聲喊：「茉梨莎，出來，我要和妳決鬥！」

我立刻明白，一定是那個掛飾引起了誤會，拉著我的抄抄同盟們向莜嘉妮解釋，莜嘉妮卻依然不放過我，用足以讓整個學校都聽到的聲音吼道：「就算是這樣，妳也是想借機接近習峒！什麼抄作業都是藉口！習峒不會喜歡妳，妳那麼努力地勾引他，而我一接近他，他還是選擇了我！不管是膽光還是習峒，妳就是爭不過我！妳要是不服氣，就來和我打啊，來啊，來啊，來啊！」

我的脾氣一直不算好，莜嘉妮無理取鬧，在學校裡讓我難堪，又這樣熱烈地請求我和她動手，我便滿足了她的願望。

她這種偏治療的木系當然不是我的對手，最後帶著燻火腿一般的皮膚哭鬧到了紫大人那裡，說我欺負她。

我被留校罰抄兩百遍《誠信與理智》。

紫大人說：「爲爭奪配偶而戰是龍的習俗，但妳們還小，我不贊同妳們這麼早演練。不過茉梨莎，抄作業，尤其是每天抄作業是不對的，功課不用心完成，怎麼能消化學習到的東西？」

我在學校裡抄了整整一夜，第二天是休息日，我頂著書包回家去，遠遠看見山坡上有個又花又亮的身影在扭動。

是膾光，他穿了一件金燦燦的衣服，用人形的模樣在舞劍。

他停下來，瞇眼看了看我，我對他點點頭，說了聲早，繼續頂著書包走我的路。

他晃晃頭，長嘆一聲：「唉——習岏沒去幫妳，是妳自己完成了處罰？」

我說：「他和我又沒關係，爲什麼要幫我？」

膾光再瞇眼看看我，拍拍我的肩，老氣橫秋地說：「看開點。」

我懶得理他。

他抖了抖身上那件衣服，問我：「怎麼樣？」

我敷衍地誇讚：「很晃眼。」

膾光哼道：「眞是沒有見識，妳不認得這件衣服？它是優勝者的戰袍。穿過它的人後來都成了龍王。」他收起劍，趾高氣揚地說。「我昨天贏了習岏。」

我恍然，就是傳說中炎雷系入系選拔排名時第一名優勝的袍子嘛。

我說：「啊，恭喜你了。」

膾光抱起前爪：「怎麼，看到我贏了妳不高興？」

他贏了，我爲什麼要高興？眞奇怪。

他又問：「要不要我請妳吃飯？我贏了，心情很好。」

我知道你贏了，心情很好，那麼你請客吃飯時，可不可以用個肯定句？昨天沒吃晚飯，現在還沒吃早飯，快餓死了，實在沒精力繼續和膾光東拉西扯，隨便地說了一句：「謝了，不用了。」

膾光的臉色變得挺難看的，我假裝沒看到，徑直走了。

回到窩中，我沒吃成飯，反倒挨了一頓訓斥。

叔叔和嬸嬸因為我打莜嘉妮的事情很惱火。一方面，他們不贊成我早戀，另一方面，他們覺得我竟然爭輸了，很替我死掉的父母丟臉。

嬸嬸的一句話讓我非常憋氣，她說：「梨莎，嬸嬸知道妳其實是因為贍光的事情不高興，可眼下變成了妳為了習岍去和那個孩子決鬥，妳處理問題的方式是不是欠妥？」

說我暗戀習岍就算了，為什麼要當我暗戀贍光那個傢伙？

我長了一張只配暗戀的臉嗎？

我沒辯解，走出了窩，到小山坳中坐著。天下起了雨，我的心情和天氣一樣陰霾。我覺得我很窩囊，仔細想一想，我的確很失敗。我成績不好，打架雖然比別人強一點，但天分一般；法術操控能力很差，做不了和父親、母親那樣強的戰龍。

我在雨水積成的水坑裡照了照，照到一頭蠢蠢的龍。

那張蠢臉，我自己都不愛看。

背後忽然有聲音響起來。

「咳咳，咳咳咳——」

我回頭，瞧見贍光提著一個包袱站在不遠處。我的肚子適時地響了，他笑了，露出尖尖的牙齒：「看來，妳還沒吃飯。」他把包袱在我眼前晃了晃。「要嗎？」

包袱散發出一股誘惑的烤肉香，我一把扯過，打開，取出一塊肉惡狠狠地咬了一口。

膽光抬手撐出一個避雨罩：「別嗑著。」

雨水被阻隔在外，他又打了個響指，濕漉漉的地面冒出裊裊蒸汽，不一會兒就變得乾爽。

這必然是他在炎雷班學到的新法術，我只管吃我的肉，任他去顯擺。

膽光在我身邊坐下，我吃了三大塊肉，滿足地打個飽嗝，對膽光道了聲謝。

膽光不吭聲地坐著，片刻後對我說：「還有一件事妳也應該向我道謝，莜嘉妮又繼續跟我好了，所以妳可以去找習峭了。」

我頓時一陣狂躁，猛地起身，撕開避雨罩，一頭撞進雨中，身後膽光拖長了音調說：「不用這麼著急……話說，這次妳要好好把握機會啊……」

我生了一天悶氣，夜裡也沒睡好，等到上學的時候，頭有些昏昏沉沉的，腦仁一跳一跳地疼。

膽光攬著莜嘉妮，揚揚得意地在學校裡晃來晃去，趾高氣揚地從習峭面前走過，莜嘉妮的表情有些尷尬，習峭倒是神色平靜。

我只當作沒看見他們，去教室上課了。

放學後，膽光飛到我身邊，來回盤旋：「妳還是沒有搞定習峭啊……唉……」

他咂咂嘴，我的頭更疼了，膽光遞給我一件東西：「這個，送妳。」

是一面鏡子，柄上雕刻著玫瑰花藤，藤蔓綿延到鏡框上，花蕾尚未完全綻放，一看就是從精靈族或人族那裡買來的東西。

我接過看了看：「這該不會是你買給莜嘉妮的東西，她沒要，所以送給我吧。」我從來不用這麼精巧的玩意兒，謄光也知道。

謄光肅然說：「不，這是我特意給妳買的。這面鏡子夠大，能夠完全照出妳的臉，妳應該好好照照自己。」

我握著鏡子，只覺得眼前發黑，控制不住翅膀，一頭向地上扎去。

3

等我醒來的時候，叔叔和嬸嬸告訴我，我昏睡了一年，差點丟掉小命。

因爲我其實不是火龍，而是風龍。

我的父親是火龍，母親是風龍，一般第一隻出生的幼龍都隨父親，我的蛋殼是紅色的，叔叔和嬸嬸就以爲我是火龍。

我一直學習火龍的法術，可沒想到我只是擁有火龍的外表，實際卻是風龍，在第一次蛻皮臨近時，風與火兩種法系在體內衝突，差點沒命。

叔叔嬸嬸和長老們用法力幫助我蛻皮，只要蛻下皮，我就能完成火系到風系的過渡。

嬸嬸說：「多虧了瞻光那孩子，要不然妳可能就死在元素池裡了。」

據說，我蛻皮的過程很艱難，龍族換皮一般在七天之內，我卻挨了幾個月都沒有進展。紫大人的法力雖然高強，但不是龍族，在這個時候幫不上我什麼忙，長老們決定把我丟進元素池中，用元素池洗髓換筋的功能幫我換皮。

瞻光卻在這個時候跳出來反對，他說以我的體力，未必撐得過去。他當時已經完成了第一次換皮，加上他炎雷系的力量，我才能換皮成功。

我一直在昏睡，叔叔、嬸嬸說的這些事我一點都不知道。

嬸嬸還在繼續講述，門鈴響了，我看見一個身影大步走進洞內。

他的個子變得很高，頭髮依然亂七八糟的，但臉孔已經很帥氣，和以前鼻涕嗒嗒、猥瑣的樣子大不相同。

他向我笑：「噯，妳醒了啊，感覺怎麼樣？」

我看著他，就那樣莫名其妙地意識到，完了，我可能喜歡上膽光了。

我說：「聽嬸嬸說，多虧你幫我，否則我可能就沒命了，謝了啊。」

膽光一屁股在床沿坐下，拍著腿說：「那是那是，妳該好好謝謝我。妳知道嗎，爲了幫妳我費了九牛二虎之力。我先跟那些長老掐，又費了老大的勁、老多的法力幫妳換皮，當時那個凶險……」

他滔滔不絕，口沫紛飛，我有些幻滅。

他爲什麼就不能用淡然的口氣說：「沒什麼大不了的。」頂多之後再補充一句。「等妳好了，我們再慢慢算帳吧。」

這樣該有多麼酷，多麼跩？

不過，如果是這樣，他就不是膽光了。

換一次皮外貌上是會有變化，但的確不能把一個白痴變成成熟又有魅力的龍。

我回到學校後，轉入了風系的高級班。

和我一批的龍全都完成了第一次換皮，習峒變得更俊美了，喜歡他的雌龍更多了。

莜嘉妮早已不是膽光的女友，膽光在這一年中換了十三個女友，趕超了習峒的頻率。他炫耀地領著他的新女友給我看，是冰系的法安娜，玲瓏又美麗，笑起來很甜，說話輕聲細語的。

我和她友好地打了個招呼，從此後刻意避開噲光。

我喜歡噲光，但我清楚地知道，他喜歡的不是我這種類型。他愛那種嬌小的、甜美的、說起話來輕聲細語，就算有些小小任性，也帶著可愛的雌龍。

我既然已經知道自己喜歡他，再和他及他女友接近就很沒意思，還不如保持一定的距離。我希望過一段時間，我能清醒過來，漸漸不再喜歡噲光。

經歷過第一次換皮，龍都會發生很大的變化，我也一樣。

體內沒有了兩股互相衝突的法力，我的人形模樣頭髮變得很長。我開始喜歡鮮豔的顏色，喜歡穿漂亮的裙子，喜歡濃郁的香氣，喜歡佩戴亮閃閃的佩飾。

風系的力量讓我的速度變得很快，跳舞的時候腳步輕盈。

烏蒙王陛下的結婚慶典舞會，我第一次化了妝，聽到了一些雄龍的稱讚，覺得很開心。

噲光全程都和他新的小女友跳舞，依然是他的愛好，嬌美又可愛的小紫龍，像一朵紫色小花那樣依偎在他懷中。

她看管他看管得很緊，噲光對她百依百順，可惜是暫時的。

我發現我對噲光和那個女孩的將來有些不懷好意，趕緊打消了這個念頭。恰好習峋來約我跳舞，我快步和他下了舞池。

習峋跳舞的技巧很高超，他帶著我旋轉，狹長的雙眼帶著笑意。

「妳越來越漂亮了，茉梨莎。」

我最喜歡聽到讚美，尤其這讚美出自習岏之口，便對他笑著說：「謝謝。」

我一個滑步旋轉，聽到一聲唉喲，原來是朦光摟著他的小女友跳到了我們附近，朦光踩到了她的腳，正在溫聲安慰她。

我幸災樂禍地對他笑了笑，旋轉向另一邊。

舞會接近尾聲，我停下來休息，拿了一杯飲料喝，朦光忽然在我身邊道：「沒有龍請妳跳終場舞嗎？」

我挑眉看了看他，他獨自站著，那朵小紫花不在他身邊。

我說：「你的女伴呢？」

朦光的嘴角抽了抽：「她的腳疼，在那邊坐著。」

我笑了：「那你要好好關照她呀，你到底踩了她多少腳？」

朦光的臉有點黑，口氣生硬：「她的鞋子不太合腳，穿不慣。」低頭看了看我的腳。「喂，妳這雙鞋，這麼細長的跟，居然能撐得動妳的身體，嘖嘖，當心點，別扭斷腿。」

我的鞋子是特意託商店從人族那裡訂的，跟並不算特別高，其實還沒有那朵小紫花的鞋跟高。

「多謝提醒，這些話你留著對你的女朋友說吧。」

朦光咧了咧嘴：「她和妳不一樣，她不像妳這麼高大，鞋跟撐得動她的體重。」

我有些窩火，刻意往他身邊走了走：「不會是我穿上這雙鞋和你的身高差距不足一頭，你覺得沒面子，就故意膈應我吧。」

膽光哼了一聲：「妳的想法總那麼匪夷所思。我是因爲咱倆熟，才好心提醒妳，懂不？」再上上下下打量我，搖搖頭。「看看妳現在這副樣子，俗艷無比。下次妝不要化這麼濃，領口向上一些，我站在這裡都被妳的香水味熏得暈頭轉向。妳還像個花蝴蝶一樣滿場飛，對著那個習峭媚笑。妳這麼毫不自重，雄性只會和妳玩玩，不會認眞。」

我怒火攻心，恨不得把手裡的飲料潑到他身上，但仍勉強勾起嘴角：「眞是多謝你提醒，本來我也就只打算玩玩。」

我轉身正要離開，膽光又在我身後說：「喂，妳是不是最後一支舞找不到舞伴？我可以陪妳。」

我覺得他簡直匪夷所思：「你貶了我半天，還要和我跳舞？」他是不是腦子有病？

膽光咧開嘴：「妳怎麼越來越小器了。」

還成了我小心眼……

行，算他狠，算我怕了他！

我轉過身，隨便拽住身邊的一隻雄龍：「最後一支舞有舞伴嗎？我想和你跳。」

我抓起那隻龍的前爪大步走向舞池，腳下一拐，鞋跟陷到了地磚的縫隙裡……我聽見清脆的喀啦一聲……

膽光這隻超級大烏鴉！

我甩掉鞋，抬起劇痛的左腳，狠狠拍開膽光伸來的爪：「滾！我翅膀沒壞，能自己飛回去！」

「我怕妳氣暈了頭撞到山頂啊。」他在我耳邊低低說，幸災樂禍。

我一把推開他：「那我就跳回去！」

當然，我沒有跳回去，而是飛回去的，途中並沒如膽光所願撞到山頂。

我的好友依琳娜陪我回去。繞過最後一座山頭時，我向後瞥了一眼，很好，膽光這個混帳沒有跟在後面看我笑話。

他應該是送那朵小紫花回家了吧，離開宮殿的時候我瞥見他們互相摟著走出大門。

依琳娜碰碰我的翅膀：「茉梨莎，妳喜歡膽光吧？」

我差點一頭扎到地面：「哪有，我怎麼可能喜歡他！」

依琳娜哧哧地笑：「不要說謊了，妳每次看見膽光帶著別的雌龍，渾身酸氣一百公尺開外都能聞到。今天晚上妳和膽光那樣說話，分明是喜歡他，大家都看得出來啊。」

我的心刺刺地痛，比腳還痛。

居然所有的龍都看出了我喜歡膽光，雖然喜歡上一條雄龍並不是什麼大不了的事，可這樣無望的暗戀被眾所周知我還是覺得沒有面子。

依琳娜同情地說：「喜歡上膽光是妳的不幸啦，凡是喜歡上他的雌龍都不幸，趕緊忘掉他，喜歡別的龍吧。我哥哥就很不錯啊，又溫柔，又體貼。」

依琳娜是迷蹤龍，他們這種龍的雄性都長得很迷你。依琳娜的哥哥龍形只有我一半大，人形的時候也比我矮了半個頭，說話聲音很細很細，還會繡花。

我想像了一下，如果我和他在一起，我在外面打架歸來，他放下繡花活計，溫聲對我說：「親愛的，妳怎麼又受傷了？打架不好。」

我打了個寒顫。

「我喜歡比我強壯的。」

「我只是提供一點意見。」依琳娜說。「如果妳一直喜歡膽光，吃虧的還是妳啊。」

我明白的。晚上我揉著腳，一夜沒闔眼。

我決定忘掉膽光。

從那天起，我開始嘗試和不同的雄龍交往，但沒多久就會分開。

我更加疏遠膽光，刻意回避他的一切消息。

時間過得很快，轉眼間，我平安度過了第二次換皮，正式成年。我選擇離膽光最遠的山峰，開出自己的洞穴，繼承父親的爵位，進入了軍團。

就在這時，龍族發生了大事，烏蒙王帶回的那個人類女子短暫的生命走到了盡頭。在她死後，烏蒙王陛下拋棄了王位，失蹤了。

長老團要從年輕雄龍中選拔新王。角逐王位的龍經過一層層淘汰，最終只剩下膽光和習岏。

長老和全族的龍大都比較看好冷靜謹慎的習岏，事實證明，他們是對的。

4

「唉，總之贍光一定會很難受，他和習岄鬥了這麼久，還是輸了。」依琳娜的語氣有點惋惜。

「雖然個性不好，但贍光也是龍族頂級優秀的龍了。」

我說：「如果是頂級優秀，那他就應當輸得起。」

按照我對贍光的瞭解，他應該輸不起。我在龍界繞了幾圈，發現他坐在山坳裡大口大口地喝酒。

我正在考慮要不要過去，贍光向我的方向轉過臉：「茉梨莎，過來，陪我喝酒。」

我走到他身邊，平靜地說：「我可不能陪你喝酒，明天是新王的登基儀式，王要檢閱軍團。」

「哦，對，妳現在是三軍團的領袖，茉梨莎伯爵。」贍光拖長了聲音。「習岄上台後，顧念情誼，說不定妳很快就能做公爵，與那些老傢伙們平起平坐。」

我不計較他的嘲諷：「聽說習岄想讓你擔任空戰元帥，你爲什麼推辭？」

贍光仰天長笑：「給那個傢伙做臣子？哈，我才不幹！」

我說：「可你眞的輸給了那個傢伙。贏了的是王，輸了的是臣子，這就是規則。」

贍光重重把酒瓶砸在地上，眼中泛出紅絲：「去他的規則！龍族選王爲什麼要有文試？武鬥他明明輸給了我！我絕不會對任何東西俯首稱臣！妳等著，王位還會是我的！」

我嘆了口氣：「做一族之王，不能只有蠻力沒大腦。你爲什麼不怪自己當初沒有好好學文試科目？希望你的能力和你的口氣一樣強硬，不過目前，你首先要輸得起。」

膾光一把揪住了我，面目猙獰：「所以妳就嘲諷我？是，我輸了，妳可以盡情地諷刺我。什麼都是屬於勝者的，妳也押了習岄贏，對不對？」

碰到爭奪王位這種事，族裡一向會開賭局娛樂一下。膾光的賠率很高，很誘惑，但出於愼重，我還是隨大流押了賠率超低的習岄。

膾光目前的狀態比較危險，我還是不要說實話刺激他了。

我轉開目光：「沒有，我沒參加賭博。」

膾光的眼睛血紅血紅的，一字字從牙縫裡說：「妳撒謊。妳押了九十二個金幣，贏了一百零三塊金幣，妳這枚胸針就是用贏來的錢買的。」

我流下了冷汗，膾光是不是把所有押習岄勝的名字都記在了心裡，他的心眼比針孔還小。

膾光冷笑：「我的賠率比習岄高了好多倍，妳居然都不選我？」

我只好說：「那你爲什麼不自我反省一下？你的賠率怎麼會如此高？因爲看好你的龍少。爲什麼看好你的龍少？因爲……」

膾光大吼：「夠了！」那崩潰的樣子確實很令我傷感，我就不再往下說了。

半晌後膾光慢慢地鬆開了我：「是啊，妳爲什麼要選我，妳早就不想與我來往了，伯爵閣下。」

他撿起了那個摔扁了的酒瓶，背轉向我，把酒瓶湊到嘴邊。

「我是失敗者，但我不需要同情，妳走吧，我現在誰也不想看到。」

他的背影很寂寞，那酒瓶裡應該已經沒酒了，他搖了搖，把它丟進草叢中，抬頭看著月亮。

我的心中微微酸楚，站了片刻，默默離開，回到窩裡，取了一瓶新酒。

我帶著酒返回山坳中，瞻光卻不是單獨一個了。那朵小紫花，他交往最久的雌龍，陪在他身邊。她輕聲地和他說話，從一個籃子裡取出點心，餵給瞻光。我聽見她溫柔地對瞻光說：「你在我心中，永遠是最優秀的龍。」

我悄悄離開了，我明白了，爲什麼瞻光不喜歡我，爲什麼我不可能和他在一起。

因爲我做不到那些事。

即使想安慰瞻光，我說出來的，永遠是硬邦邦的話，只會讓他更生氣。

我想，我的性格的確有缺陷。

我並不是一條合格的雌龍，所以，愛情不屬於我。

第二天，我聽說瞻光離開了龍界。

他執意不肯對習峒俯首稱臣，習峒把我叫到王宮中，對我說：「妳去找一找他吧，如果瞻光不在龍族，將會是族中的一大損失。」

我奉命到外面找了許久，總尋不見瞻光的蹤跡，過了不久，他自己回來了。

他不接受任何職務，在最偏遠的旮旯裡開了洞，住在裡面混吃混喝過日子。

這時習峒已從人界帶回了公主，那個女孩子總讓我聯想起當年烏蒙王的王后。她柔弱又堅強，帶著人族獨特的天真，那是一種很迷人的氣質，沒有一條雌龍能具備。

長老們都很憂心，他們擔心習峒會步上烏蒙王後塵，眞的與這個人族戰利品交換一生的誓約。

我覺得長老們的憂心很有道理，因爲我看到了習岈望著那個女孩的目光與神情，之前他對著任何雌龍都沒有過那樣的表情。

那是眞正的愛戀。

我們都在觀望著，等著另一場傳奇開始。某天，長老團突然把我叫去談心。

大長老說：「茉梨莎，妳的父母都是龍族最忠誠的勇士，希望妳繼承了他們的精神，有一個關係到龍族命脈的祕密任務要交給妳。」

我頓時預感到不是什麼好事，謹愼地說：「但我還很不成熟。」

大長老瞇起眼睛：「不，妳很優秀，甚至有些雄龍也比不上妳，所以這個任務非妳莫屬，妳要把習岈王從那個人類的迷戀中拉出來。」

我立刻說：「不行，我不喜歡習岈，我也不做這種當小三的事。」

大長老點頭：「嗯，妳喜歡膽光，這個全族都明白，所以才找妳，因爲妳有類似的心理基礎，比較能夠進入角色，而且妳夠強悍，有足夠的威懾力。妳只要把那個人族丫頭嚇得知難而退便可，並不是眞的讓妳去嫁給習岈。」

簡而言之，就是我長得足夠像壞蛋，才派我去嚇唬人族的小姑娘。爲什麼我總扮演這種角色？我說：「但我的名譽也會因此而受損，我又不可能當王后。」

大長老笑咪咪地說：「怎麼會呢？妳是競爭過王后寶座的雌龍，在別的雄龍眼中會更有魅力。年輕的女孩子怎麼能頂著一個暗戀未遂的名聲一直過下去呢？妳暗戀的還是那個不靠譜的膽光。趁此機會也可以讓全族看到，妳不是一直在暗戀一條雄龍，妳有很多選擇。」

我無奈：「大長老對我們晚輩的事情瞭解得眞透徹，我必須要做？」

大長老半閉著眼：「明晚的禮服，已經替妳準備好了。」

我只能妥協地說：「讓我做公爵，我就去。」

我離開長老們的議事廳，立刻就接到習岄的傳召，他讓我再去勸勸贍光。他自從與那個人族女孩交往之後，胸懷更寬廣了，眞心實意想與贍光修復關係。

我先去完成假小三的使命。

做假小三、勸贍光，全都是不容易的事。我對比了下，決定把更難的那個稍微延後。

我對習岄說：「長老們讓我扮成追求你的樣子，他們不想你走上烏蒙王的老路。」

習岄笑了笑：「妳應該明白的，感情這件事，不受任何力量的阻撓和操控。」

我非常贊同他，贍光渣成那個樣子，我還是喜歡他，感情這種東西眞的說不清。

我說：「那麼，你總要讓長老們努力一下，就當讓我測試一下她對你的感情。」

那個晚宴上，我穿上了長老們爲我訂製的裙子，和習岄跳了幾支舞。讓一個戀愛中的雌性難過，其實非常容易。

我當著她的面，用親暱的稱呼喊習岄的名字，和他談論那些我們昔日同窗的美好時光，讓她一句話都插不上。

她的臉一點點白了，我看見了她抓住衣裙的手，我笑了，我知道她眞的愛習岄。

我把她叫到花園中，俯視著她：「妳能給習岄什麼？人的生命太短暫了。十年之後，皺紋就會爬上妳的臉，妳會變成一個醜陋的老太婆，在習峒身邊，迅速死亡。」

她顫抖著，淚流滿面。當天晚上她想離開龍界，習峒攔住了她，對她表白了，像所有這種事件必然的結果一樣，他們確認了對彼此的愛，表示即使只能相愛一天也要廝守，感情更加炙熱了。

習峒與她交換了一生的誓言，要娶她作王后。

長老們這個愚蠢的計畫變成了典型的偷雞不成蝕把米。

但我還是要去討要我的公爵頭銜，我完美地完成了我的任務，把她刺激得要離開，至於之後習峒去追她，那就不關我的事了。

我對長老陳述了我的理由，大長老的鬍鬚顫抖了半天，嘆息著說：「好吧。」

我帶著我的冊封書，安慰了長老們幾句，去找膽光談心。

他打開洞穴的門，看著我，神色很古怪，像看一頭陌生的龍。

「妳來這裡，有什麼事？」

我說明了我的來意，他淡然地說：「茉梨莎，我覺得我並不太瞭解妳。妳到底追求的是什麼？我知道，妳不那麼愛習峒，王后的寶座如此誘惑？」

我默然。他看著我，神色有些疲倦：「我們從小一起長大，我看著妳一點點地變化，變得連一個單純柔弱的人族女孩子都要欺負，不是因爲她搶奪了妳的愛，而是她擋了妳的路。妳走吧，茉梨莎，我不想和這樣的龍打交道，不管她是雌還是雄。」

一個身影從洞穴裡衝了出來，居然是未來的王后。她懇切地說：「不要這樣，膽光。茉梨莎是很好的女孩，我相信她有一顆善良的心。謝謝你答應幫助習峒，我希望今後大家都能成爲朋友。」

瞻光俯身，親吻她的手背：「我願意擔任職務是因爲妳，奇妙的人類公主，我雖不認同習峒，卻願意爲他的王后效勞。我嫉妒他有這樣的幸運，希望有朝一日，我也能遇見與妳相似的摯愛。」

她紅了臉，有些無措地把手抽回：「您太過獎了……我、我很冒失的，經常犯錯……但我希望能幫到習峒，哪怕一點點。」

我無法再看下去，轉身離開。

我想去問習峒，你既然已經讓你的王后去勸瞻光，爲什麼不通知我一聲？難道還須要用我來襯托你妻子的美好？

我想說出我其實是被長老逼迫的事實，可說出又能怎樣？

其實，我答應這件事是有私心的。我想看一看瞻光是不是眞的一點都不喜歡我，他會不會因爲我產生嫉妒。

我得到了答案。

結果，只是我自取其辱。

那封公爵的冊封書好像一個愚蠢的笑話，恥笑我這個丑角。

我撕碎了冊封書，離開了龍界。

我在人間找了一座山峰自暴自棄地沉睡，在寂靜中修煉能力打發時間。

我有時候也會到人間走一走，歲月流逝，不知道過了多少年。

有一天，我站在集市街頭看人間的焰火表演，一個熟悉身影從人群中走到我身邊。是紫大人。他的神色很疲憊，他是來找習峒的，卻遇見了我。

烏蒙王的悲劇重演了，習峒的王后死了，他的心也死了，他也跟著離開了龍族。

我跟隨紫大人回到了龍族。

習峒的王后受到整個龍族的擁戴，龍族沉浸在悲傷中，我遠遠地看到了膽光，他有些憔悴，沉默寡言。

我們目光相遇，又各自閃開，假裝根本沒看見對方。

當天晚上，膽光居然敲開了我洞穴的門。沉默了許久後，他說：「那一次，我話說得太重了，抱歉。」

我僵硬地笑了笑：「這都多少年前的事情了，再說那時候，我是爲了得到公爵封銜才那麼做，你沒算說錯。」

他凝視著我：「這些年妳都在哪裡？」

我移開視線：「就是各處走走玩玩，去的地方太多，也說不清。」

他哦了一聲，不再說話。

我忽然一陣衝動，踮起腳環住他的頸項：「你來找我，只是爲了說這些？夜還很長。」

那是我夢裡的懷抱與親吻，我知道這樣做我不會得到什麼。

但錯過了今天，可能連這些都沒有，因爲我太瞭解自己，太瞭解膽光。

膽光抱著我，充滿疑惑地說：「我眞的不能理解習峒，居然會爲了一個人類的女人獻上一生，訂下什麼誓言承諾。龍，要做霸氣的龍，風流不羈的龍，讓萬千母龍又恨又愛的龍。不過，那個女孩，眞的很好。」

我恨恨地一口咬在他的脖子上：「是啊，我就恨死你了，你這條死蜥蜴。」

他說：「別這樣，我知道妳玩得起，茉梨莎。」

我笑了笑：「是啊，我玩得起。但和我玩的時候，你就算假裝，也應該說些甜言蜜語吧。」

天亮之後，膽光離開，我對他揮了揮手：「掰掰，遊戲到此爲止。」

逆光中，他瞇起眼：「不能再延續一段時間？」

我正色：「再玩就沒有新鮮感，很沒意思。」

他也笑笑：「好吧。」轉身離開，沒有回頭。

5

新一輪王位的角逐，膽光理所當然地勝了。他讓我回到軍團，把公爵的封號重新頒給我。

他的身邊不時更換雌龍，長老們反而很欣慰，他們覺得膽光應該不會走上烏蒙王和習岄王的老路了。

有一天，膽光把我叫到宮殿，把他的王印丟給我：「替我管幾天，茉梨莎。我要去趟人間，把那個屬於我的人族公主帶回來。」

他看看我，又笑了笑：「放心吧，她只會是個收藏品。」

我說：「你眞的不會愛上她？當年習岄也這麼說過。」

他瞇起眼：「應該不會。」

膽光走了之後，我心中一直不安穩。我很清楚人族女孩子的魅力，龍族要經過漫長的時間才能度過童年期，而人族只需要十幾年就能出落成美麗的少女。對她們來說，世界還是嶄新的，她們青澀、單純、美得致命。

而且，我發現了一件很可怕的事，我懷孕了。

一個月之後，膽光回來了，帶著他搶回的人族公主。當看見那個女孩的一瞬間，我就知道，完了，膽光會愛上她。

她叫愛茜莉婭，單純、可愛。她一點都不怕膽光，敢頂撞他，鼓著腮跺腳的樣子天眞爛漫。

她無憂無慮，開朗活潑，對一切都充滿了好奇，像一隻稚氣的貓。

我心中燃起了嫉妒，因爲我預感到了她的威脅，之前任何與膽光交往的雌龍都不曾讓我有這樣的威脅感。

她身上的這些特質，我一樣都不具備。

膽光常常和她拌嘴，有意氣她，卻帶著寵溺的笑。

他揹著她在龍界上空翱翔，帶她到湖邊嬉戲，甚至在清晨到山野中採摘野花爲她編製花環。

愛茜莉婭說：「花朵被摘下來，就會很快死去，讓它們自由地生長才是保存美最好的方法。」

於是膽光再也不摘花了，他在宮殿後山開出了園地，種下了很多花，甚至從精靈族和人族那裡購買珍稀的花種。

他帶她到開滿花朵的山上看星星。她仰起臉望著天空，驚歎：「龍界的天空，好美好美啊！」

她在月光下旋轉起來，在花叢中舞蹈著。

我在一塊大石頭背後，看膽光望著那個跳舞的身影露出肉麻兮兮的笑。我知道，眞的完了，膽光會走上習峒的老路，命運已經寫好。

那一刻，我徹底絕望了。

雌龍懷孕二十個月就要產下龍卵。眼下已過去六個月，我的身材快變形了。

我決定給自己畫上一個句號。那天夜裡，我把膽光叫到山坳中，對他說，膽光，我愛你。

我再對他說，你能不能離開愛茜莉婭，我想嫁給你。

他看著我，沒有表情：「妳果然和我說了這句話，茉梨莎。」

他嘆了口氣，目光鋒利。

「那天，妳那麼主動時，我還不願多想，可現在……做王后眞的那麼好？好到讓妳把對習峒做過的事再對我做一遍？」

我瞇起眼，笑了：「當王后當然好啊，其實我更想做女王，可惜我不是炎雷龍。你很想當王，爲什麼要嘲諷我的夢想？」

他緩緩說：「我的王位是靠自己光明正大奪來的，可妳卻用這種方式。」

我說：「打架是一種手段，計謀也是一種手段，只要成功就行。光明和卑鄙，何必分那麼絕對？」

他盯著我，聲音寒冷：「我不是習峒，茉梨莎。感謝妳這麼坦白，這之後，我不會給妳傷害愛茜莉婭的機會。」

我聳聳肩：「她能陪你多久啊？贍光，過不了幾年，她就會變成老太婆，然後死掉。然後你再變成又一個習峒？你不是還嘲諷過他嗎？做龍，何必那麼認眞，多玩玩豈不更好？」

贍光沉默了片刻，低啞地開口：「我會爲我的摯愛獻上一生的承諾，不論她是什麼模樣。」

我總算聽到了這句話，心中那絲不受控制的餘燼終於徹底熄滅。

我說：「好吧，又沒戲了，我繼續等。」轉身離開。

這一次，我再也不會回頭。

□

我又離開了龍界，找了個山洞住下。我生下了一顆蛋。我看著那顆蛋，心想我該怎麼辦。
我如果把他孵了出來，這個孩子就會變成一個私生子。
朧光和愛茜莉婭不可能有後代，他也許會從我這裡奪走這個孩子。
老娘為什麼要替他白白地養崽？
我恨恨地抬爪在蛋殼上寫下一行字——「光光死蜥蜴，老娘才不會孵你的崽！」
我把蛋封在了冰裡，藏在山洞中，離開了那座山。
我在外面飛了幾天，心中卻越來越牽掛我的寶寶。
他的蛋殼是火紅色的，一點都不像朧光。
他是完全屬於我的。他會是一頭可愛的幼龍，黑黑的眼睛、短短的四肢，他會喊我媽媽，我們相依為命。
我轉過身，向藏著我孩子的山洞飛去。
就在這時，我察覺到了一絲奇怪的氣息。
是魔，我絕對不會感覺錯。這氣息奪走了我的父母，我永遠銘記在心。
它絲絲縷縷地蔓延著，我追尋它的源頭。大海的盡頭阻隔著無形屏障，隔開了又一個空間。
我撞進屏障，向著黑色的魔氣揮出風刃，魔霧漸漸淡了，就在這時，一道紅色山脈突然裂開，我感到身體被一股大力擊中，眼前一片漆黑，我向下墜落。

我再也見不到我的孩子了。

我很後悔。我不應該丟下他，這是我的報應，什麼都沒有了。

6

我睜開雙眼，發現自己身在一個奇怪的地方。

這裡混合著人界與龍的氣息，布置得也一半像人族住宅，一半像龍穴。幾隻小龍趴在床頭瞪大眼睛看我，一迭聲地喊：「爸爸、，媽媽，奶奶醒了！」

奶奶？我左右看看，剛剛醒過來的生物，似乎只有我。

一條火紅的龍一頭撞到我床邊：「媽，妳終於醒了！」

還有一個人族的女子，拿著手絹擦拭眼角：「婆婆，妳能醒真的太好了。」

我沉默了三秒鐘，問：「你們有鏡子嗎？」

鏡子中，的的確確是我的臉，那頭紅彤彤的龍激動地說：「媽，放心，妳還是這麼年輕漂亮，一點沒變。」

我說：「稍等，這是何年何月何時何地，你們又是誰？」

紅龍抓著被單說：「媽，妳不認得我們是理所應當的，我是妳兒子雷炎。妳睡了好幾百年，妳的孫子們都大了，妳看他們可愛不？像妳和爸不？咱家基因就是好。」

我非常混亂：「再等等，你爸是誰？」

紅龍挺起胸脯：「我爸不就是媽妳喜歡的那個誰嗎。那個老渾蛋！我們都知道，媽妳當年是瞎了龍眼才看上他，不要搭理他，從今後我們一家過祖孫三代的幸福生活！」

我回憶了一下，我是生過一顆火紅的蛋沒錯，但這頭不靠譜的龍……

我說：「那個誰，到底是誰？」

紅龍飛奔而去，片刻後又飛奔而來，頂著兩個半塊的蛋殼：「媽，妳看！」

他把蛋殼拼在一起，露出那行略有殘缺的字——**光光死蜥蜴，老娘才不會孵你的崽！**

我捂住額頭，這……

一個熟悉的聲音幽幽鑽進我的耳中：「茉梨莎。」

贍光，是贍光，他還是那個贍光。他站在門邊，除了身上略微有些小滄桑，除了臉上殘留著幾根青噓噓的胡茬子，和以往沒什麼區別。

我看他，他看我。

紅龍撲搧著翅膀說：「媽，妳要是不想看到這個死老頭，我就把他踹出去！」

贍光一巴掌把他搧出洞窟：「我和你媽有話要談，出去待著。」

那個人族的女子從床邊硬扯走了幾隻小龍，也離開了洞窟，只剩下了我和贍光。

贍光清了清喉嚨：「茉梨莎，妳醒了，感覺怎麼樣？」

我說：「挺好的。」

他走到床邊坐下，我問他：「這真的是幾百年後？」

他點點頭：「真的。」隨即笑了笑。「這裡是人界，我們兒子的洞穴，龍界已換好幾任王了。」

也就是說，贍光早已不是龍王了。他退位的原因可想而知。

我刻意含糊過「我們的兒子」這件事，順著他的話說：「哦，我當時應該是中了魔族的圈套，後來就什麼也不知道了。」

「妳當年闖進了昔日山林之神約蘭沉睡的地方。」瞻光平緩地敘述。「他體內封存著魔性，妳被拉進了地宮中，險些成了魔的補品。幸虧約蘭神殘存的神性把妳包進一塊岩石中。最近這件事解決了，精靈族聯合龍族搜尋地宮，看看有沒有存留的寶物，卻找到了妳。」

聽起來很玄乎。我笑笑：「那我眞是走運了。」

瞻光盯著我，聲音沙啞：「茉梨莎，我一直……都在找妳。那時，我不知道妳……」

果然這個話題無法回避，我擺擺手：「只是玩的時候出了意外而已，我也沒有孵，把他丟了。已經過去了這麼多年，不要太在意。」

瞻光站起身：「茉梨莎，我……」

我抬眼看他，眞心實意地說：「說眞的，瞻光，我不想再看見你。那時我離開龍界，就不打算再見你。你難道不覺得，現在我們面對面，非常尷尬嗎？」

瞻光沉默地望著我，過了許久，點了點頭：「現在妳剛醒來，很多事情須要慢慢接受……既然妳不想看到我，那我先走了。」

他離開了洞穴，我從床上站起身，腦中一片混亂。

後來的幾天，我都沒有見到瞻光。

雷雷和他媳婦成天陪著我，告訴我這些年來的事情，讓我慢慢瞭解現實。

雷雷的確是我的兒子。他很像他的外公，我父親，顏色、樂天的個性，一模一樣。我沒有遺傳父親的屬性，卻生下了特別像他的兒子，眞的很奇妙。

雷雷的媳婦玫蘭妮非常可愛，看來我們龍族總是逃不開與人族的緣分。那幾隻小龍正在淘氣的年紀，每天上躥下跳，嘴裡喊著奶奶趴到我的膝蓋上，讓我給他們講故事。

說眞的，我壓力很大。

夜晚，躺在床上，我回想我這苦澀的一生，心中充滿了不甘。

小時候那麼稀里糊塗地過了，然後腦子進水喜歡上了膽光，就這麼葬送了我的大好年華，還生了顆蛋，當了私生子的媽。

然後長長一覺醒來，直接變成了奶奶，孫子都大了。

太窩囊了！我都沒有好好享受過青春！還沒有哪個雄性願意與我結下一生的誓言。

我還很年輕，雖然兒子、兒媳都很好，孫子、孫女們很可愛，但是我眞的不想做奶奶⋯⋯

我的心中喧囂著不甘的吶喊。

在一個月黑風高的晚上，我用安睡術放倒了兒子一家，離開了洞穴。

我要重新尋找我的青春！

我要找一個愛我的雄性，談一場眞正的戀愛！

一場大夢後，以往的一切都是歷史了，我從頭活過，獲得新生！

過了幾百年，人族的城市更繁華了。來來往往的街道上混雜著精靈、矮人，甚至連魅族都光明正大在路上走了。

賞心悅目的年輕雄性很多很多，我坐在露天飲品店的圓桌旁邊喝飲料邊欣賞，內心稍稍得到了安慰。

要說到美貌，當然還是精靈第一，可惜都不太陽剛，不是很合我的胃口。

「嗨，妳一個人嗎？」一個男子在桌邊坐下，他應該是人族和魅族的混血，有一雙淡紫色眼睛。

他看了看我手中已經空了的杯子：「要不要再加杯飲料？」

我向他微笑：「謝謝。」

淡綠色的青果汁，入口微有些酸，但很爽口。他含笑說：「我覺得這飲料和妳很配。」

我揚了揚眉：「很好喝。」

青春！我感到了青春的回歸！避開膾光那個渾蛋，我可以有很多選擇。

他舉了舉杯：「我叫丹多。」

我笑著報上我的名字：「茉梨莎。」

「茉梨莎……」一個聲音幽幽地，陰森森地，從說遠不遠、說近不近的地方飄蕩過來。

某個我再也不想看見的身影正迅速地朝這個方向挪動。

他的懷裡，還抱著一個正在舔棒棒糖的小娃娃——我最小的孫女……

他在桌邊站住，用幽怨的眼神看著我：「孩子她媽，三寶很想妳，大寶、二寶也哭著找妳，妳回家吧……」

紫眼睛的小帥哥手抖了一下，走了。

我悲憤交加，咬牙切齒地看著他：「你要怎樣才肯放過我？我是不是欠你錢？從今後各走各路不行嗎？」

他的獠牙在我眼前閃了一下，湊到我耳邊低聲說：「妳如果不跟我走，我就讓所有人都知道，我懷裡抱的這個是咱們的孫女，妳是她奶奶。」

算你狠。

我擱下杯子，站起身。牘光一手抱著三寶，一手從兜裡掏出一個銀幣放在桌上，用虛弱的聲音說：「老闆，剛才這位女士和那位先生的飲料錢，不用找了。」

我聽見了旁邊的座位上倒抽冷氣的聲音。

「這女人有沒有搞錯啊，這麼好的老公不要，出來勾三搭四……」

我壓抑著仰天長嘯的衝動，大步離開。

到了空無一人的曠野，我停下，轉回身：「好了，你的戲演完了。」

牘光放下三寶，拍拍她的頭，從懷裡再掏出兩根棒棒糖。三寶歡脫地叼著棒棒糖，撲搧翅膀飛走了。

我冷靜地問他：「你到底爲什麼這麼對我？」

牘光也很冷靜地看著我：「妳應該瞭解我的性格，我想要的，一定會得到。」

我冷笑：「我記得有條龍說，他一向只用光明正大的手段。」

牘光聳聳肩：「但後來，有條龍告訴我，只要能達到目的，什麼手段無所謂。」

我發現他總能讓我無話可說。

膽光嘆了口氣：「曾經，我很有耐心。我喜歡一個女孩子，我用了半輩子的時間等她，等她明白我喜歡她。我每天和她在一起，我們是這個世界上性格最相像的兩條龍。我無論什麼時候都想和她在一起，但她不明白。我故意找別的雌性刺激她，她還是不明白。她對待別的龍和對待我一樣，我很氣惱，她從來沒發現在我心裡，她一直是獨一無二的。」

我雞皮疙瘩抖了一地：「你這吟遊詩一般的故事，是在說咱倆的事嗎？怎麼就和現實有那麼大的出入呢？一個又一個換女朋友的是誰？成天陰陽怪氣挖苦我的是誰？說我痴心妄想要當王后，迫害你家小白花的又是誰？」

他的頭殼裡到底是有一塊橡皮擦，還是塗改板，能把現實按照他的幻想扭曲？

他幽幽地說：「那時我太年輕……我不善言辭，只會去刺激她，她讓我惱怒，我也讓她惱怒。」

這個變態！

「我犯了很大的錯誤，誤會了她。我以爲，她喜歡曾經勝過我的龍……爲了讓她認可我，我只能成爲王……」

把黑的說成白的，他眞能耐啊！

「等我成了王，她卻還是說，只是和我玩玩，我和那些雄龍沒什麼不同。所以……她來和我說，她喜歡我時，我竟然不能相信……」

我聽不下去了，這個渾蛋，他毀了我半輩子，居然還要挖開我的傷疤、篡改事實，把自己扮成無辜苦情的那個。

我不想和他吵架，和一隻大腦有問題的龍吵，不可能有任何結果。

我只是笑了笑說：「非常感人。這個故事的結局就是，你找到了你的眞愛，你的人族公主愛茜莉婭。你和她交換了一生的誓言，你爲了她離開龍界，你永遠守候她的靈魂。和烏蒙王一樣，和習岄一樣，和後面的幾個龍王一樣。」

膽光抓住我的肩膀：「愛茜莉婭不愛我，我當然也不愛她，我們只是互相利用。她愛的是敵國的王子，但她的父王不同意。那個人類後來找到了龍界，愛茜莉婭就跟他走了。雷雷沒告訴妳我什麼時候退的位？妳覺得我離開龍界是爲了誰？」

我只能笑：「你以爲我會信？別讓我看不起你，膽光。」

膽光鬆開了我的肩膀，後退了一步。

「妳總是這樣，茉梨莎，總是看錯現實，還把看錯的東西當成不可更改的正確。」

我不帶感情地瞥向他：「我覺得這更像你的自我總結。」

我換了一座城市尋找新的生活，但心情總是不好。

雷雷後來找到我，和我說，他覺得他爹沒說謊。這些年膽光都在找我，從地宮中發現快變成化石的我時，他把一座山都拆了。

「他天天給母親妳輸法力，都沒有闔過眼，這種事裝不出來的，我懂。」雷雷抓抓頭。「不過我覺得死老頭個性有缺陷，我喜歡我媳婦，我整天和她說我愛她，愛要說出來。」

我在各處徘徊，有一天，我碰到了習岄。

他站在一棟住宅的窗外，守著他誓約的女孩。這一世的她剛剛出生，哇哇地哭著。習峅定定地望著她，露出溫柔的笑。

我問他，這樣做，不會累嗎。

他說，不會，只要看見她，就是他最大的滿足。

「這是愛上人族的龍的宿命。」習峅說。「茉梨莎，妳比我幸運，所以要珍惜。」

他繼續守在窗外，我獨自離開，在不遠處的樹蔭下，我看到了膽光。

他問：「習峅跟妳說了什麼？」

我問：「你爲什麼不放棄？」

他很正經地看著我：「我會永遠跟著妳。我以前的個性太爛，做了太多烏七八糟的事，我只能跟丟妳一次，以後妳再也沒機會。」

我說：「要是那時候我死了呢？」

膽光咧了咧嘴：「我知道妳沒死，因爲我和妳的命是連著的。妳記得那次嗎？我和習峅打架，妳幫他不幫我，說我們是平局的那次。」

我當然記得：「就是莜嘉妮甩了你去找習峅，你在山坳喝傷情酒發酒瘋那次。」

他說：「當時我被妳氣個半死，借酒澆愁。我假裝酒醉親了妳。那時候，我就偷偷對妳用了一生誓言。我把我的命拴在妳身上，妳和誰在一起，我都要搗散你們。」

我無語地望著他。

他又抓住我的肩，一字一字說：「我愛妳，茉梨莎。」

我扯了扯嘴角：「光說沒有用，希望以後看到你好的表現。」

後來，膽光總問我，什麼時候對他使用一生誓言，完成誓言交換。

我問，有沒有誓言眞的那麼重要？

我不相信誓言，什麼誓言都比不上實實在在地過日子。

比不上現在的相守。

將來、永遠、生生世世……這些詞語都很縹緲。

所謂誓言，眞的作用不大。

眞心在一起，便不用做什麼約定。

不能在一起，做什麼約定都沒用。

我只想享受當下。

而且，我已經做不了誓約了。

因爲我的一生之誓，早已用掉。

就在那個晚上，發酒瘋的膽光第一次親吻我的時候。

〈番外・一生誓約〉完

後記

後記時間到～

非常感謝讀者大大您閱讀完這本小說，不知此刻您的心中是怎樣的感想呢？

我的內心是有點忐忑的。

《潘神的寶藏》是我寫的第一部也是唯一一部西方奇幻類型小說，我其實寫中國古代風格的小說更多一點。所以它有很多不足之處，感謝您的包容閱讀！

我當初寫這篇小說是想挑戰一下不一樣的風格。在此之前我剛剛完成了一部中國古典奇幻風格的以龍爲主角的小說，（順便打個小廣告，就是同樣由蓋亞文化出版的《龍緣》），然後我就想，如果寫個西方龍做主角的小說會怎樣呢？這麼想著，我就寫了……

說實話，我對西方奇幻風並不太熟悉，更與「擅長」兩個字毫無關係，僅是憑著無知無畏的勇氣開寫。寫的過程滿歡樂，因爲肯肯是個挺單純的主角，只是想要娶個媳婦，卻被格蘭蒂納忽悠去尋寶，我很喜歡他呆呆中圈套的樣子。

在設定格蘭蒂納的時候，我也是想突破一下傳統的精靈形象，就給他加了個破產的背景。這也是爲了讓肯肯和格蘭蒂納有個相遇的契機。不然高冷又怕麻煩的精靈王子，就算龍搶了一串公主恐怕也會覺得「哦，這和我有什麼關係？」於是，龍和精靈這輩子都要擦肩而過了……

主線故事的設定，也是我比較少挑戰的宏大型。神族、龍族、精靈和人族的設定都是我參考了西方神話故事之後自行編造的。我個人覺得西方奇幻故事的種族分類很豐富，分類方式和中國奇幻的區別也比較大，這是非常吸引我的地方。而且在設定外貌方面，頭髮和眼睛顏色可以盡情搭配。

肯肯的外貌我決定得比較迅速，因爲我很喜歡小黑龍，我覺得有翅膀的西方龍就是黑黑的特別可愛，變成人形可以酷又可以萌。格蘭蒂納的人設我是在眼睛的顏色上猶豫了一下，綠眼睛和藍眼睛我都挺喜歡的，之後還是覺得綠眼睛符合人物的氣質。做這樣設定的時候有種玩搭配遊戲的感覺，特別開心。

在寫這篇文的時候，我覺得最困難的事情，是怎樣讓文字變得符合西方奇幻故事的氣質一些。我也努力地在拗了，好像仍是拗得不倫不類……啊，說到這裡我又想感謝讀者大大們的包容了，眞的很感謝！

總之，我個人覺得，這本拙作算是一篇非常輕鬆歡快的文。希望能夠給讀到此書的您帶來一些甜甜的好心情。

在這裡特別感謝蓋亞文化的老師們出版這篇略有些拙稚的小說。編輯老師們辛苦了！封面尤其美麗，肯肯和格蘭蒂納就是我心目中的樣子，感謝才華橫溢的畫家老師和設計師老師！

更要再再次地感激讀者大大們閱讀拙作，承蒙關照，敬請多多指教！

若要總結隱藏在這篇文中的情感，大概就是，很多人都會窮盡氣力想要獲取什麼，也會迷惘自己爲何總不能得到，卻未曾發現，最最合適的，早已在身邊。

不知道這樣的觀點，您是否贊同？

祝每個人都開心圓滿，收獲最最適合、最最完美的夢想摯愛。

大風颳過

國家圖書館出版品預行編目資
潘神的寶藏 下 / 大風颼過 著.
— — 初版.— —台北市：蓋亞文化，2020.07
冊；公分.

ISBN 978-986-319-498-9（下冊：平裝）

857.7 109009567

大風颼過 作品

潘神的寶藏〔下〕

作　　者　大風颼過
封面插畫　Welkin
裝幀設計　莊謹銘
責任編輯　盧韻亘
主　　編　黃致雲
總 編 輯　沈育如
發 行 人　陳常智
出 版 社　蓋亞文化有限公司
地址：台北市103承德路二段75巷35號1樓
電話：02-2558-5438　傳眞：02-2558-5439
電子信箱：gaea@gaeabooks.com.tw
投稿信箱：editor@gaeabooks.com.tw
郵撥帳號 19769541　戶名：蓋亞文化有限公司
法律顧問　宇達經貿法律事務所
總 經 銷　聯合發行股份有限公司
地址：新北市新店區寶橋路二三五巷六弄六號二樓
電話：02-2917-8022　傳眞：02-2915-6275
港澳地區　一代匯集
地址：九龍旺角塘尾道64號龍駒企業大廈10樓B&D室
電話：+852-2783-8102　傳眞：+852-2396-0050
初版一刷　2020年7月
定　　價　新台幣 260 元
Published and printed in Taiwan

GAEA ISBN 978-986-319-498-9

潘神的寶藏〔下〕

蓋亞文化　讀者迴響

感謝您在茫茫書海中選擇了蓋亞，您的支持是我們最大的動力。
不要缺席喔，讓我們一起乘著夢想的羽翼，穿越時空遨遊天地！

姓名：	性別：□男□女　出生日期：　年　月　日
聯絡電話：	手機：
學歷：□小學□國中□高中□大學□研究所	職業：
E-mail：	（請正確塡寫）
通訊地址：□□□	
本書購自：　縣市　書店	
何處得知本書消息：□逛書店□親友推薦□DM廣告□網路□雜誌報導	
是否購買過蓋亞其他書籍：□是，書名：	□否，首次購買
購買本書的動機是：□封面很吸引人□書名取得很讚□喜歡作者□價格便宜□其他	
是否參加過蓋亞所舉辦的活動： □有，參加過　場　□無，因爲	
喜歡出版社製作什麼樣的贈品： □書卡□文具用品□衣服□作者簽名□海報□無所謂□其他：	
您對本書的意見： ◎內容／□滿意□尙可□待改進　◎編輯／□滿意□尙可□待改進 ◎封面設計／□滿意□尙可□待改進　◎定價／□滿意□尙可□待改進	
推薦好友，讓他們一起分享出版訊息，享有購書優惠 1.姓名：　e-mail： 2.姓名：　e-mail：	
其他建議：	

廣告回信 郵資免付
台北郵局登記證
台北廣字第00675號

GAEA

TO：蓋亞文化有限公司　收

103 台北市承德路二段75巷35號1樓

GAEA

GAEA